मॉरीशस की
स्वर्णिम स्मृतियाँ

मॉरीशस की स्वर्णिम स्मृतियाँ

रमेश पोखरियाल 'निशंक'

प्रभात प्रकाशन, दिल्ली
ISO 9001:2008 प्रकाशक

प्रकाशक • **प्रभात प्रकाशन**
4/19 आसफ अली रोड,
नई दिल्ली–110002

संस्करण • 2015
मूल्य • दो सौ पचास रुपए
मुद्रक • ग्राफिक वर्ल्ड, नई दिल्ली

MAURITIUS KI SWARNIM SMRITIYAN

by Ramesh Pokhariyal 'Nishank' ₹ 250.00
Published by Prabhat Prakashan, 4/19 Asaf Ali Road, New Delhi-2
e-mail: prabhatbooks@gmail.com ISBN 978-93-5048-122-6

श्रद्धावनत

'मॉरीशस की स्वर्णिम स्मृतियाँ' भारत से दूर 'एक और भारत' की अनुभूति करानेवाली यात्रा है। माँ गंगा की एक और धरती का साक्षात् दर्शन—'गंगोत्री से गंगा सागर' जैसी।

यह उन पुरखों को श्रद्धांजलि भी है, जिन्होंने दासता की दारुण यंत्रणाओं के बीच भी अपनी संस्कृति व संस्कारों को बचाए रखा। आभार है, उन पीढ़ियों का, जिन्होंने इस विरासत को आगे बढ़ाते हुए अपनी जन्मभूमि मॉरीशस को समृद्ध, सुसंस्कारित ही नहीं बल्कि मातृभूमि भारत का जीवंत प्रतिरूप ही बना दिया। यही नहीं, दास बनाकर लाए गए पुरखों की इन संततियों ने स्वयश से यशस्वी बनकर आज यहाँ की बागडोर भी सँभाल ली है। अपने पितरों को इससे बड़ी श्रद्धांजलि और क्या हो सकती है!

हमारे वेदों में कहा गया है—

ये मूर्धान: क्षितिनामदब्धास: स्व यशस:।

व्रता: रक्षनते अद्रुह:।। (ऋग्. 8/67/13)

(ये) जो लोग (अदब्धास:) कठिन-से-कठिन स्थितियों में भी हार माननेवाले नहीं होते, (स्व यशस:) स्वयं यश अर्जित करनेवाले, (अद्रुह:) सबके प्रति सरल होते हैं, और (व्रता:) मन में जो ठान लिया, उसे कर दिखानेवाले होते हैं, वे (क्षितिनाम) मनुष्यों में (मूर्धान:) शिरोमणि होते हैं।

मॉरीशस के ऐसे ही 'शिरोमणियों' को मेरा कोटि कोटि नमन।

अनुक्रमणिका

परिशिष्ट

माँ गंगा की एक और धरती

गंग की सुभूमि, सुविहंग की सुभूमि,
दिव्य रंग की सुभूमि सो हमारी जन्मभूमि है।

जिस तरह पावन गंगा की सुभूमि भारत है, उसी तरह मॉरीशस भी गंगा की सुभूमि है। बस यहाँ यह गंगा 'भागीरथी' बनकर नहीं, बल्कि पुण्य सरोवर—'गंगा तलाव' के रूप में अवतरित हुई है। साथ ही यहाँ शिव भी हैं, शिवभक्त भी हैं। रामायण के गहन संस्कारों से अनुप्राणित इस धरती मॉरीशस के मर्यादा पुरुषोत्तम राम व ज्ञान-गुण सागर हनुमान ईष्ट देव हैं। एक मर्यादा, गुरुत्व और गौरव की श्रेष्ठतम ऊँचाई, तो दूसरे विनम्रता और भक्ति का अतल सागर। आराध्य और आराधक का यह बेजोड़ रिश्ता यहाँ आस्था में ही नहीं, व्यवहार में भी पितरों व पीढ़ियों के बीच भगीरथ की तरह जुड़ा नजर आता है।

पुरुषार्थी, प्रजावत्सल राजा भगीरथ मेरे बालमन के नायक रहे हैं। अपने पुरखों और प्रजा के लिए सदियों पूर्व की गई उनकी तपस्या आज पीढ़ियों बाद भी हर भारतीय के मन-मस्तिष्क में बिलकुल ताजा है। राज-आशक्ति से परे इस राज-ऋषि की इसी सरोकारी साधना से प्रसन्न माँ गंगा न सिर्फ स्वर्ग से इस धरा धाम पर उतर आई, बल्कि उसने अपने इस परमभक्त भगीरथ के नाम का वरण भी कर लिया और 'भागीरथी' बन गई। एक राजा की यह त्याग भरी गाथा अभिभूत कर देने वाली है। मानव जाति को दी गई 'पुरुषार्थ' की वह प्रेरणा, जिसका नाम ही पड़ गया—'भगीरथ प्रयत्न'।

यह धरती इस महात्मा की ऋणी है। ये न होते तो आज धरती पर माँ गंगा भी

गंगा तलाव पर उमड़ा आस्था का सैलाब

नहीं होतीं; कृतज्ञता का यह महाभाव भावी पीढ़ियों में भी बना रहे, हमारे बुजुर्ग बचपन से ही यह अनुकरणीय गाथा हमें घुट्टी की तरह पिलाते आए हैं। इसीलिए माँ गंगा का स्मरण होते ही भगीरथ हमारी स्मृति में स्वत: उभर आते हैं और हमें मुग्ध कर जाते हैं।

पर जब तीस-एक साल पहले मैंने सुना, महान् भगीरथ के समान ही एक और 'ध्येयधर्मी' धर्मात्मा ने माँ गंगा जी का अवतरण कराया है, तो मेरा तरुण, जिज्ञासु मन और विमुग्ध हो उठा। बचपन में सुनी वह भगीरथ कथा जैसे जीवंत होकर मेरा रोम-रोम पुलकित कर गई।

भगीरथ गोत्रीय इस धर्मात्मा के लिए मेरा मन श्रद्धा से भर गया। उन लाखों-लाख लोगों के लिए और भी अधिक, जिन्होंने इस गंगाभक्त को आराध्य का दरजा देकर उनका मंदिर भी स्थापित कर दिया।

ये लोग स्मरणीय और वंदनीय हैं। आज जब हम स्वाधीन होकर भी अपनी संस्कृति, संस्कार, अपने परिवेश, परंपराओं से कट रहे हैं, अपनी बोली, अपनी पहचान खो रहे हैं, ऐसे में यहाँ से सैकड़ों किलोमीटर दूर यातनाओं भरी पराधीन जीवन-स्थितियों में भी अपने मूल्य और सरोकारों को बचाए रखना बड़ा संदेश ही नहीं, हम सबके लिए एक बड़ी सीख भी है।

हम ध्येयधर्मी गंगापुत्र पंडित जमन गोसाई के कृतज्ञ हैं, जिन्होंने दूर हिंद महासागर

गंगा तलाव पर जलाभिषेक करते श्रद्धालु

के बीच मॉरीशस में माँ गंगा का 'गंगा तलाव' के रूप में पावन अवतरण कराकर भारत–मॉरीशस की नाभिनाल को जोड़ने का कालजयी काम किया। बिछुड़े, बिखरे बंधु–बांधवों को जगाने की अभिनव पहल की। हमारी महान् सनातन संस्कृति के ध्वजवाहकों जैसा ही सांस्कृतिक जागरण कर यह संदेश दिया कि 'गंगा तलाव से गंगोत्री' तक हम सब एक ही अंश हैं, एक ही वंश हैं।

भगीरथ सदृश्य पंडित गोसाई की यह ध्येयधर्मिता प्रणम्य है। कहते हैं, एक दिन उन्हें सपना आया कि इस द्वीप के उत्तर में निर्जन घने जंगल के बीच निर्मल नीर भरा एक नयनाभिराम तलाव है, जो पावन गंगा का ही परम अंश है। यदि इसके जल का इसी श्रद्धा से सेवन–पूजन किया गया, तो माँ गंगा यहाँ साक्षात् प्रकट होकर इसे भी अमृतमयी, मोक्षदायी सरोवर में परिणत कर देंगी। उस पावन गंगा जल की तरह ही, जिसके स्पर्श मात्र से सगर के पुत्रों का उद्धार तो हुआ ही, अन्य भी जन्म–जन्मांतरों के लिए तर गए।

पंडित गोसाई को जैसे गुरुमंत्र मिल गया। उन्होंने इस सपने को अपने जीवन का ध्येय बना लिया और लोगों को लेकर इस दैवीय सरोवर की तलाश में जुट गए। उनकी मेहनत रंग लाई और वह सरोवर मिल गया। यह इतना अप्रतिम और दैवीय

'गंगा तलाव' पर काँवड़ लेकर पहुँचते श्रद्धालु

आभा से आपूरित था कि लोग इसे 'परियों की झील' कहने लगे। धीरे-धीरे यहाँ लोगों की भीड़ जुटने लगी और यह 'पावन तीर्थ' बन गया—हरिद्वार की तरह शिवभक्तों की पूजा-अर्चना का प्रमुख केंद्र। यह पंडित गोसाई के सपने का अभी एक पड़ाव भर था। यह पूरा हो पाता, इससे पहले ही वे इस दुनिया को अलविदा कह गए। पर धर्म-परायण जनता ने उनके इस सपने को साकार कर दिया। सन् 1972 में इस तीर्थ का नाम ही पड़ गया—'गंगा तलाव'। कुछ गंगाभक्तों ने पावन गंगोत्री का गंगाजल इसमें अर्पित कर इसे पूरी तरह गंगामय बना दिया।

गंगा जी हैं तो देवाधिदेव शिव भी होने चाहिए। बिना उनके वह इस धरा धाम पर आएँगी कैसे! इसके लिए पंडित गोसाई ने इस पावन तलाव के किनारे महेश्वरनाथ मंदिर की स्थापना भी कर दी थी। हमारे पावन द्वादश ज्योतिर्लिंगों की तरह ही आज यह भी मॉरीशस के हमारे भारतवंशियों के लिए एक ज्योतिर्लिंग है। उनके अनुसार त्रयोदश यानी 'तेरहवाँ ज्योतिर्लिंग'।

धर्मनिष्ठ जनता मीलों नंगे पाँव चलकर यहाँ भी वैसे ही आस्था से डुबकी लगाने और पावन जल लेने आती है, जैसे हरिद्वार और काशी में। 'गंगा तलाव' के

भारतीयता के दर्शन : मॉरीशस में महाशिवरात्रि पर काँवड़िए

इस अमृतमयी जल से फिर अपने-अपने घरों के पास शिवालयों में जलाभिषेक किया जाता है। महाशिवरात्रि का आस्था से भरा यह नयनाभिराम दृश्य देखकर लगता है कि हम अपने देश भारत में ही कहीं विचरण कर रहे हैं। शिवरात्रि इनका सबसे बड़ा पर्व होने के साथ-साथ राष्ट्रीय पर्व भी है और यह एक-दो दिन नहीं, पूरे हफ्ते भर चलता है। श्रद्धालुओं की भीड़ देखकर आभास होता है मानो सारा मॉरीशस ही यहाँ उमड़ आया हो।

यह सब मेरे लिए कौतूहल भरा ही नहीं बल्कि कल्पना से भी परे था। मेरे लिए ही क्यों, मेरी पीढ़ी और परिवेश के तमाम और लोगों के लिए भी। उन दिनों जो कुछ पढ़-सुन लिया, वही अपनी जानकारी हुआ करती थी। तब आज की जैसी इलेक्ट्रॉनिक इंटरनेट सुविधाएँ तो थीं नहीं, ऊपर से अपना दुरूह पर्वतीय परिवेश, जहाँ आज भी कई जगह अपने इष्ट-मित्रों की आशल-कुशल तक महीनों बाद बमुश्किल चिट्ठियों से मिला करती है। ऐसे में देश-दुनिया की जानकारी पाना कितना दुष्कर रहा होगा, यह सहज ही अंदाजा लगाया जा सकता है। अधिकतर लोग तो तब मॉरीशस नाम से ही अनभिज्ञ थे।

मेरी भी लगभग यही स्थिति थी। पर पत्र-पत्रिकाएँ ढूँढ़-खोजकर पढ़ने की ललक और ईश्वर कृपा से जिज्ञासु व प्रबुद्धजनों के सान्निध्य ने मुझे बाहरी दुनिया

महाशिवरात्रि पर्व पर शिवलिंग का अभिषेक करते श्रद्धालु

से जोड़ने में बड़ी मदद की। मॉरीशस की तब मेरी जानकारी का निमित्त भी ये ही सूत्र बने। हमारी सनातन संस्कृति की प्राण माँ गंगा और देवाधिदेव शिव के प्रति मॉरीशसवासियों की यह अगाध आस्था सुनकर मेरे अंतर में इस धरती और इन धरतीवासियों के प्रति ललक और जिज्ञासा बढ़ गई। मुझे मॉरीशस के जनमानस में भारत के प्रति गहरी आंतरिक आस्था ही नहीं, बल्कि भारत की महान् सनातन संस्कृति प्रतिबिंबित होती दिखाई दी। इन्हीं सब चीजों को लेकर मॉरीशस के प्रति मेरे मन में उत्सुकता और बढ़ गई। कहाँ और किससे मिलेगी जानकारी? इस छटपटाहट के बीच ही मुझे अनायास अपने परम स्नेही गुरुवर डॉ. श्यामधर तिवारी का ध्यान आया। वह मॉरीशस साहित्य पर काम कर रहे थे और दो-एक बार मॉरीशस भी हो आए थे। उन दिनों वह मॉरीशस के कथा-सम्राट् अभिमन्यु अनत के साहित्य पर शोध में जुटे थे।

मैंने बिना समय गँवाए उनसे संपर्क किया। उन्होंने मुझे सिलसिलेवार जो जानकारी दी, मैं एक उत्सुक बालक की तरह अवाक् सा सुनता ही रह गया। उसी बीच संयोगवश उन्हीं के माध्यम से अनत जी से भी संपर्क हो गया। इस तरह इन दोनों मनीषियों ने मुझे वर्तमान समृद्ध मॉरीशस से लेकर सदियों पुराने संघर्षशील मॉरीशस तक की जैसे यात्रा ही करा दी। तब मुझे पता चला, कैसे हमारे पूर्वज भारत से गिरमिट यानी शर्तबंदी प्रथा के तहत मजदूरी के लिए अंग्रेजों द्वारा प्रलोभन देकर वहाँ ले जाए गए। किन-किन दारुण यातनाओं से उन्हें जूझना पड़ा और फिर किस तरह उन्होंने संघर्ष कर इन विकट चुनौतियों से पार पाते हुए वर्तमान समृद्ध मॉरीशस की आधारशिला रखी। यही नहीं, अपनी जड़ों से जुड़े रहकर उन्होंने अपनी संस्कृति, अपनी परंपराओं

इस तरह गुलाम बनाकर लाए गए भारतवंशी (1842 में पोर्ट लुईस का एक दुर्लभ चित्र)

को भी बचाए रखा और इस तरह मॉरीशस का 'लघु भारत' के रूप में खूबसूरत रूपांतरण कर दिया।

अपने पुरखों की भूमि और उसकी संस्कृति से इतना लगाव सुनकर मेरी आँखें भर आईं। मैं भाव-विभोर होकर सुनता रहा कि आज पीढ़ियों बाद भी इन भारतवंशियों ने मॉरीशस में न सिर्फ भारतीय संस्कृति को जिंदा रखा है, बल्कि इसे अपने व्यवहार में आत्मसात् भी कर लिया है। आज यहाँ हर गाँव में गलियों के नाम महात्मा गांधी, रवींद्रनाथ टैगोर, स्वामी दयानंद, सुभाषचंद्र बोस, जवाहर लाल नेहरू जैसे महापुरुषों के नाम पर रखे गए हैं। भारतीय महापुरुषों के प्रति यह सम्मान और यहाँ के लिए इतना गहरा लगाव मेरे अंतर्मन को छू गया।

मैं यह जानकर और भी भावुक हो गया कि सन् 1968 में जब मॉरीशस आजाद हुआ, तो स्वतंत्रता दिवस की तिथि 12 मार्च गांधीजी के 'डांडी मार्च' यानी नमक सत्याग्रह से ही ली गई। डॉ. शिवसागर रामगुलाम के नेतृत्व में प्रस्ताव पारित कर यह ऐतिहासिक तिथि घोषित की गई। यही नहीं, बाद में गणतंत्र दिवस (1992) की तिथि (12 मार्च) भी बापू के इसी 'डांडी मार्च' को समर्पित कर दी गई। आज वहाँ कोई ऐसा हिंदू घर नहीं, जहाँ महात्मा गांधी का चित्र न हो। कोई ऐसा भारतीय

पर्व नहीं, जो वहाँ न मनाया जाता हो। भारत और भारत के राष्ट्रपिता के प्रति इतना आदर, इतना सम्मान सुनकर मैं कृतज्ञता से भर गया।

हिंदी को लेकर भी तिवारी जी ने काफी कुछ जानकारी दी। अनत जी से भी जिक्र हुआ तो वह बच्चों की तरह खुशी से चहक उठे। एक ही साँस में वहाँ की कई हिंदी पत्र-पत्रिकाओं से लेकर तमाम साहित्यकारों के नाम गिना गए। उन्होंने बताया कि मॉरीशस में ढाई सौ के करीब सरकारी पाठशालाएँ हैं और इन सभी में हिंदी पढ़ाई जाती है। सरकारी कॉलेज हैं, वहाँ भी हिंदी है—यहाँ तक कि अधिकांश निजी कॉलेजों में भी। मॉरीशस विश्वविद्यालय में भी न सिर्फ हिंदी पढ़ाई जा रही है, बल्कि पी-एच.डी. व एम.फिल. भी कराई जा रही है। इतना ही नहीं सन् 1975 में भारत के तुरंत बाद, सन् 1976 में दूसरा विश्व हिंदी सम्मेलन कराने का गौरव भी मॉरीशस को हासिल है। अनत जी ने बताया कि मॉरीशस हिंदी को संयुक्त राष्ट्रसंघ की आधिकारिक भाषा बनवाने के लिए भी जी-तोड़ प्रयास में लगा है। हिंदी को राष्ट्र संघ में स्थान दिलाने का सर्वप्रथम प्रस्ताव भी इसी देश ने रखा।

यह सब सुनकर मैंने मन-ही-मन अपने इन भारतवंशियों को नमन किया और सच्चे मन से उनका आभार जताया। मन उनसे एक अदृश्य डोर से बँध गया। इसी गहरे जुड़ाव से मॉरीशस की मेरी जानकारी उत्तरोत्तर बढ़ती गई। अब तो पल-पल की और मनचाही जानकारी देनेवाले तमाम साधन उपलब्ध हो गए हैं। इंटरनेट आ गया है। घर बैठे-बैठे ही हम दुनिया-जहान की यात्रा कर सकते हैं। बाद में मॉरीशस को और जानने में इससे भी मुझे मदद मिली।

आज वहाँ 'विश्व हिंदी सचिवालय' भी स्थापित हो गया है। मॉरीशस सरकार ने इसके लिए जमीन दी और भारत सरकार भवन बनाने जा रही है। फिलहाल यह सचिवालय महात्मा गांधी संस्थान में चलाया जा रहा है। हिंदी सचिवालय भवन की आधारशिला सन् 2001 में तत्कालीन प्रधानमंत्री श्री अटल विहारी बाजपेयी की पहल पर तत्कालीन विज्ञान, तकनीकी एवं मानव संसाधन मंत्री डॉ. मुरली मनोहर जोशी के कर-कमलों से रखी गई। सचिवालय का उद्देश्य हिंदी को अंतरराष्ट्रीय स्तर पर बढ़ावा देने के साथ-साथ इसे संयुक्त राष्ट्रसंघ की आधिकारिक भाषा बनवाने के लिए प्रचार-प्रसार करना है। भारत और मॉरीशस सरकार से इस बात पर आपसी सहमति हुई है कि इस सचिवालय को चलाने का व्यय दोनों सरकारें मिलकर उठाएँगी।

महात्मा गांधी संस्थान में स्थापित 'बापू' की आदमकद प्रतिमा

मॉरीशस की पहल पर आज दुनिया के 138 देश हिंदी के विकास के लिए प्रयासरत हैं। ये सब मिलकर हिंदी को संयुक्त राष्ट्र संघ में पहुँचाने के लिए दस्तक दे रहे हैं। क्योंकि संयुक्त राष्ट्र संघ की भाषा बनने के लिए यह भी जरूरी है कि वह कितने देशों की भाषा है और उसके बोलनेवालों की संख्या कितनी है। एक के बाद एक मॉरीशस

मॉरीशस के राष्ट्रपिता सर शिवसागर रामगुलाम की
आदमकद मूर्ति (इनसेट में सर शिवसागर रामगुलाम)

की भारत के लिए इन तमाम कोशिशों को जानकर मेरा मन गद्गद हो गया।

मॉरीशस के साक्षात् दर्शन से पूर्व ही उसका पूरा अक्स जैसे मेरी आँखों के सामने उभर आया। मॉरीशस के इस समर्पण और सरोकार को सुनकर मेरा यह गुमान चूर-चूर हो गया कि भारत की महान् सांस्कृतिक विरासत को सहेजे हुए दुनिया में सिर्फ हम ही अकेले भारतवंशी हैं। मैं भारतीय सरोकारों को समर्पित इस 'लघु भारत' का ऋणी हो गया। मातृभूमि के प्रति आज भी उसी पुश्तैनी सम्मान और मातृभाषा हिंदी के लिए लगाव के आगे मैं नतमस्तक हो गया।

मैं सोचने लगा कि हम आज भी हिंदी को राष्ट्रीय सम्मान दिलाना तो दूर, अपने देश के ही दक्षिण और पूरब में इसे स्वीकार्य नहीं करवा पा रहे हैं, और मॉरीशस दुनिया के देशों को इकट्ठा कर संयुक्त राष्ट्र संघ में हिंदी का परचम फहराने निकल पड़ा है। पंडित गोसाई के मॉरीशस का यह लगाव वंदनीय है। मुझे अनत जी का वह भावुक कथन याद हो आया—'मॉरीशस हमारा सिर्फ ऐतिहासिक, आर्थिक व सामरिक साझीदार ही नहीं, हमारी परंपराओं, हमारी सांस्कृतिक-साहित्यिक विरासत का सहोदर भी है।'

मॉरीशस के इस लघु भारतीय स्वरूप की गहरी जड़ों को जब मैं तलाशने लगा, तो मुझे पता चला, अविरल गंगा धारा सी मॉरीशस की यह अद्वितीय यात्रा एक और मॉरीशसीय महामानव का उल्लेख के बिना अधूरी है। ये महानायक हैं—राष्ट्रपिता शिवसागर रामगुलाम। इसी आर्यवंशी पुत्र ने वर्तमान मॉरीशस की नींव रखी। 18 सितंबर, 1900 को जनमे डॉ. शिवसागर मॉरीशस में जनांदोलन के प्रणेता रहे। उन्होंने इस लघु भारत के विभिन्न संप्रदायों को एकता के सूत्र में बाँधकर काम करने के लिए प्रेरित किया। गीता से निष्काम सेवा का संदेश लेकर राजनीतिक यात्रा पर निकले इस महामानव ने उपनिषद् के चरैवेति-चरैवेति जैसी उदात्त उद्भावना को आत्मसात् कर मील के पत्थर स्थापित किए। आर्थिक एवं औद्योगिक तंत्र को सुदृढ़ किया। कल्याणकारी राज्य की स्थापना की और निःशुल्क शिक्षा का ऐलान कर सारी दुनिया का ध्यान इस ओर खींच लिया।

उन्हीं के अथक प्रयासों से मॉरीशस राष्ट्रकुल, संयुक्त राष्ट्र संघ, अफ्रीकी एकता संगठन, गुट निरपेक्ष संगठन व यूरोप के साझा बाजार आदि संगठनों में पैठ कर पाया। उन्हीं के नेतृत्व में राष्ट्र का राजनीतिक व सांस्कृतिक स्वरूप भी निखरा। पुरखों की

समृद्ध विरासत आज यदि मॉरीशस में इस शिखर पर है, तो इसका बहुत बड़ा श्रेय इस महानायक को भी जाता है। इसका उज्ज्वल प्रमाण यही है कि उन्हें आज देश के राष्ट्रपिता का सम्मान प्राप्त है। वह देश के पहले प्रधानमंत्री भी रहे। मॉरीशस 1992 में गणतंत्र हुआ, इसलिए वे राष्ट्रपति तो नहीं रहे, पर जीवन के अंतिम दो वर्ष उन्होंने देश के गवर्नर जनरल का पद सुशोभित किया। 15 दिसंबर, 1985 को मॉरीशस का यह भगीरथ गोत्रीय महामानव लोगों के दिलों में अमिट छाप छोड़कर सदा-सदा के लिए विदा हो गया।

आज उनके सुपुत्र डॉ. नवीन चंद्र रामगुलाम उन्हीं के पदचिह्नों पर चलते हुए देश के प्रधानमंत्री पद का दायित्व सँभाले हुए हैं और पुरखों की महान् सांस्कृतिक विरासत को आगे बढ़ा रहे हैं। महामहिम राष्ट्रपति सर अनिरुद्ध जगन्नाथ भी मनसा-वाचा-कर्मणा इस दिशा में जुटे हुए हैं। सन् 2008 में भारत यात्रा के दौरान मेरे विशेष आग्रह पर देवभूमि उत्तराखंड में पधारे महामहिम राष्ट्रपति के उद्‌गार मुझे दिल की गहराइयों तक छू गए। देहरादून के ओ.एन.जी.सी. प्रेक्षागृह में मेरी पुस्तक 'हिमालय का महाकुंभ-नंदा राजजात' का विमोचन करते हुए उन्होंने अपने संबोधन में मॉरीशसवासियों की रगों में हिंदुस्तानी खून बहने की बात कह मुझे न सिर्फ रोमांचित कर दिया, बल्कि भावनाओं की अदृश्य डोर से हमेशा-हमेशा के लिए बाँध भी लिया था। एक के बाद एक ये तमाम आत्मीय संस्मरण भगीरथ-कथा की तरह मेरी रग-रग में समाते गए और अंततः मेरी कल्पनाओं के जादुई मॉरीशस के साक्षात् दर्शन के निमित्त बन बैठे।

□

मॉरीशस : एक लघु भारत

आज का यह मॉरीशस भारतवंशियों के बलिदान और उनके 'भगीरथ प्रयत्न' का प्रतिफल है। दारुण यातनाओं के बीच उन्होंने इस वनाच्छादित टापू को हरित परिधान से सजाकर एक सुंदर पुष्पवाटिका में बदल डाला। विभिन्न जाति, धर्म, भाषाओं व परंपराओं के लोग यहाँ एकसूत्र में बँधे हैं, बिलकुल 'लघु-भारत' की तरह। इसकी 68 प्रतिशत आबादी भारतीय मूल के लोगों की है। पर्वों, परंपराओं, परिवेश से लेकर भारतीय खान-पान तक को वे पीढ़ियों बाद भी सहेजे

महाशिवरात्रि पावन पर्व पर पूजा-अर्चना करती महिलाएँ

हुए हैं। हिंदी की पताका विश्व में फहराने के लिए वह अनवरत कोशिश में लगे हैं। भारत और भारतीयता के प्रति इन भारतवंशियों का यह लगाव व समर्पण हम सब के लिए एक सीख है। मैं कृतज्ञ हूँ उन भारतवंशियों का, जिन्होंने विकट परिस्थितियों में भी अपनी जड़ें नहीं छोड़ीं। अशिक्षित होते हुए भी वाचिक, लोकश्रुति परंपरा से अपनी विरासत को सतत बताए रखा। रामायण, महाभारत की व्यावहारिक आदर्श कथाओं को आगे बढ़ाते रहे और आज भी तमाम दबावों के बीच अपनी इस महान् विरासत को जीवित रखे हुए हैं। मॉरीशस के इन समस्त भगीरथों को प्रणाम!

वह आततायी दौर

दुनिया में दिखाने को तो दास प्रथा खत्म हो गई थी, लेकिन चतुर अंग्रेजों ने इसका भी तोड़ निकाल लिया था। रोजगार का प्रलोभन देकर वह शर्तबंदी के तहत भारतवंशियों को यहाँ लाए। भरोसा दिलाया गया कि वे जब चाहें वापस अपने घर जा सकते हैं। लेकिन यहाँ पोर्ट लुईस स्थित अप्रवासी घाट पर आते ही हकीकत खुल गई। यहाँ 'डिपो' में उन्हें ठीक वैसे ही दो-तीन दिन रखा जाता, जैसे

उस आततायी दौर का कड़वा सच दिखाता यह दुर्लभ चित्र

पुरखों का स्मरण : आज भी बची है यह समृद्ध विरासत

हाट में ले जाने के लिए तैयार माल और मवेशियों को। यहाँ से उन्हें उनके मालिक अपने-अपने स्टेट में गन्ना, कपास, तंबाकू आदि की खेती के लिए ले जाते और फिर वही दासता भरा दमन शुरू हो जाता।

सूरज निकलने से लेकर डूबने तक हाड़-तोड़ मेहनत उनकी नियति बन गई। लेकिन उन्होंने हार नहीं मानी। आखिर जिनके प्रेरणा-स्रोत 'मर्यादा पुरुषोत्तम राम' और भगीरथ जैसे संघर्ष व जीवटता के शिखर प्रतीक हों, वे हार मानें भी कैसे? कहते हैं, ये पुरखे जब भारत से चले, तो तीन चीजें भी अपने साथ लेते आए— रामचरितमानस, हनुमान चालीसा और तुलसी का पौधा। यही उनके दुरूह जीवन के साथी और संबल थे। इन्हीं से उन्हें ताकत मिलती थी। काम से घर आने के बाद देर रात तक उनका 'बैठका' (चौपाल) चलता। इसमें रामचरितमानस व हनुमान चालीसा का सामूहिक पाठ होता। धीरे-धीरे यह बैठका हर गाँव में प्रचलित हो गया। यही उनको जीने की ताकत देता, और यही उन्हें व उनकी संस्कृति को जीवंत रखने का जरिया भी था। इसी बैठका ने बाद में उनकी पंचायत का रूप ले लिया। यहीं वह सुख-दुःख बाँटते और अपने भावी सपने बुनते। आराध्य राम

और हनुमान के संघर्ष तथा आदर्शमय जीवन को उन्होंने अपने जीवन का आधार बना लिया। आज भी हर आँगन में यहाँ एक चौतरा है, जिस पर महावीर स्वामी (हनुमानजी) घर-घर के प्रहरी के रूप में विराजे हैं। तुलसी का पौधा है और मंदिर में रामचरित मानस। आस्था इतनी प्रगाढ़ कि जिस घर में ये नहीं, वे हिंदू के घर नहीं।

संघर्ष की पराकाष्ठा

मैं यह जानकर हैरान हो गया कि कैसे हमारे गरीब, अशिक्षित पुरखों को 'शर्त बंदी प्रथा' के तहत रोजगार का प्रलोभन देकर भेड़-बकरियाँ की तरह जहाजों में ठूँसकर वहाँ ले जाया जाता और जानवरों की तरह निर्ममता से काम लिया जाता। बगावत करने पर निर्वस्त्र पेड़ से लटका दिया जाता और बदन में तब तक गन्ने के रस का लेप लगाया जाता, जब तक लाल चींटियाँ उस रस को चाटने के साथ ही बदन का सारा मांस भी चट नहीं कर जातीं। इन यातनाओं की कहानियाँ दिल दहला देनेवाली हैं।

मानवता को शर्मसार कर देनेवाला यह सिलसिला कोई पौने दो सौ साल पहले सन् 1834 में शुरू हुआ। मॉरीशस की आर्थिक बेहतरी के लिए अंग्रेजों ने काम देने का झाँसा देकर भारत से जत्थे-के-जत्थे भरकर ले जाने शुरू किए। इन लोगों से वहाँ गन्ने के खेतों में और इधर-उधर दिन-रात काम लिया जाता। कठोर यातनाएँ दी जातीं। उस दौर में मॉरीशस काला-पानी की तरह था, जो एक बार चला गया, तो फिर लौटने की सोच भी नहीं सकता था। यही इनके साथ भी हुआ। ये बस यहीं के होकर रह गए। इस तरह उन्होंने एकजुट होकर न सिर्फ मॉरीशस को उस दमनकारी व्यवस्था से छुटकारा दिलाया, बल्कि आज के समृद्ध मॉरीशस का निर्माण भी किया।

ये यंत्रणाएँ शारीरिक ही नहीं, सांस्कृतिक भी थीं। उनकी संस्कृति, परंपराओं को नष्ट-भष्ट करने के लिए उन्हें धर्म-परिवर्तन के लिए भी मजबूर किया गया, ताकि न रहेगा बाँस, न बजेगी बाँसुरी। इसके बावजूद साम्राज्यवादी उनका धर्मांतरण नहीं करा पाए। आज भी भारतीय परंपराएँ, लोकसाहित्य, लोकगीत, लोककथाएँ वहाँ जीवंत हैं, तो इन्हीं की बदौलत। अपने इसी अनवरत संघर्ष के बूते आज वे

मॉरीशस स्थित 'ले मॉर्न' पहाड़ी का हवाई दृश्य और वहाँ शहीदों को समर्पित एक इबारत (नीचे)

न सिर्फ अपनी पहचान बनाए रखने में कामयाब हैं, बल्कि मॉरीशस की इस सारी समृद्धि के श्रेय के पूरे हकदार भी हैं।

वे मॉरीशस के भारतवंशियों के लिए ही नहीं, भारत के लिए भी सचमुच में महामानव हैं, हमारे वैदिक ऋषियों ने कहा भी है—

उपकाराय लोकस्येद्युक्ताः प्राणपणैरपि।
उत्कटास्वपि बाधासूपस्थिता सूर्ध्वगामिनः।।
अज्ञानतिमिरौघस्य वारणायाग्नि सन्निभाः।
महामानवसंज्ञां ते भजन्ते विश्वविश्रुताः।।

जो लोक के उपकार के लिए 'प्राणप्रण' से उद्यत रहते हैं, जो उत्कट बाधाओं के उपस्थित होने पर भी ऊर्ध्वगामी यानी उनका अतिक्रमण करने वाले होते हैं,

और जो अज्ञानरूपी घोर अंधकार को हटाने के लिए अग्निदेव के सदृश्य होते हैं, वे ही विश्वप्रसिद्ध व्यक्ति महामानव संज्ञा को प्राप्त होते हैं। इस स्वाभिमान और आत्मोत्सर्ग को नमन्!

आपके 'कल' के लिए हमने
अपना 'आज' न्योछावर कर दिया।
गुलामी की 'बेड़ियों' के बजाय
मौत का 'चुंबन' स्वीकार कर लिया।

मॉरीशस के ले मॉर्न स्थित शहीद स्मारक पर लिखी यह इबारत, उन पुरखों की याद दिलाती है, जिन्होंने अपने जीवन की बाजी लगाकर हमारे भाई-बंधुओं को दासता की बेड़ियों से मुक्ति दिलाई। कठोर यातनाएँ सहकर भी महान् भारतीय विरासत को सहेजे रखा। अपने पुरुषार्थ से न सिर्फ समृद्ध मॉरीशस की आधारशिला रखी बल्कि उसे 'लघु भारत' में रूपांतरित कर दिया। माँ गंगा का 'गंगा तलाव' में अवतरण कराकर यह भी साबित कर दिखाया कि गंगा तलाव से गंगोत्री तक हम सब उसी माँ गंगा की संतान हैं।

हमारे कल के लिए अपना आज बलिदान कर देनेवाले इन महान् पुरखों को मेरा कोटि-कोटि प्रणाम। हमारे वेदों ने ऐसे ही परोपकारी महापुरुषों की जय-जयकार की है—

विहातुमुद्यताः सदा परार्थमात्मनो हितम्।
अथाभिमानवर्जिता जयन्ति ते जनाभुवि।।

अर्थात् दूसरों के निमित्त अपने हित को छोड़ने के लिए सदा उद्यत होते हुए भी जो स्वयं अभिमान से रहित होते हैं, संसार में उन्हीं की जय होती है।

□

सागर के मध्य एक नायाब नगीना

विधाता की अनुपम कृति, नयनाभिराम सौंदर्य से आपूरित हिंद महासागर में मोती की तरह चमकता एक छोटा सा द्वीप मॉरीशस है। इंद्रधनुषी छटा बिखेरते मनमोहक समुद्र तट, दिलकश जल-प्रपात, शस्य-श्यामला धरती, सुंदर पर्वतमालाएँ व पठार। मन को मुग्ध कर देते दृश्य, पर इसे और भी खूबसूरत बनाने में इन मॉरीशसवासियों का भी कम हाथ नहीं। आज यहाँ के गाँव भी हमारे महानगरों को मात देते लगते हैं।

भारत के दक्षिण-पश्चिम में मुंबई से यही कोई 4,800 किलोमीटर दूर यह द्वीप स्थित है। अफ्रीका महाद्वीप के सबसे करीब, लगभग ढाई हजार किमी. पूरब

मॉरीशस का मनोहारी हवाई दृश्य

में। क्षेत्रफल में देहरादून जिले से थोड़ा छोटा, पर आबादी में लगभग बराबर ही—साढ़े 12 लाख के आस-पास। नौ छोटे-छोटे जिलोंवाले इस द्वीप में अनेक महाद्वीपों के लोग रहते हैं। इनमें हिंदू सर्वाधिक हैं। दो तिहाई आबादी में बिहारी, तमिल, तेलुगु, मराठी, गुजराती प्रमुख हैं। चूँकि यह फ्रांस और फिर अंग्रेजों का उपनिवेश रह चुका है, इसलिए फ्रैंच मॉरीशस की राजभाषा है और अंग्रेजी संपर्क भाषा। लेकिन हिंदी यहाँ सर्वाधिक बोली जानेवाली भाषा है और अब अपना प्रभुत्व भी जमाने लगी है। बोलचाल की एक और भाषा क्रियोल है। जैसे हिंदी की छोटी बहन भोजपुरी है, वैसे ही फ्रैंच की बोलचाल की भाषा यह क्रियोल है।

सांस्कृतिक मूल्य सर्वोपरि

थाईलैंड, सिंगापुर व मलेशिया से कहीं अधिक खूबसूरत है मॉरीशस। धरती के स्वर्गों में एक। इसके समुद्रतट दुनिया के समुद्र तटों को मात देते हैं। पर इस कुदरती समृद्धि के साथ-साथ मॉरीशस नैतिक मूल्यों में भी उतना ही समृद्ध है। यही वजह है कि आज यहाँ ऐशो-आराम वाले पर्यटकों का जमावड़ा नहीं है। विलासिता से कोसों दूर यहाँ का जीवन भारतीय मूल्यों पर आधारित विशुद्ध सादगी भरा है।

पाश्चात्यीकरण के दौर में भी भारतीय वाद्ययंत्रों का चलन

सांस्कृतिक कार्यक्रमों में भी भारतीय नृत्यों की झलक

यह बहुत बड़ी बात है कि सीमित संसाधनों के चलते पर्यटन ही मॉरीशस की आय का मुख्य स्रोत है, इसके बावजूद इसने अपने सांस्कृतिक मूल्यों से कतई समझौता नहीं किया है। बल्कि आय बढ़ाने के लिए कृषि, उद्योग व अन्य सेवा क्षेत्रों के रास्ते तलाशे गए हैं। भारत खासतौर से देवभूमि उत्तराखंड के साथ यह धार्मिक एवं आध्यात्मिक पर्यटन पैकेज की दिशा में पहल भी कर रहा है। यहाँ के परिवेश में भारतीय संस्कृति की धड़कन साफ दिखाई देती है। भारतीय सांस्कृतिक कार्यक्रमों के साथ-साथ यहाँ आज भारतीय शास्त्रीय संगीत की ओर भी रुझान बढ़ रहा है।

अपनी सांस्कृतिक जड़ों को बनाए रखते हुए कैसे समग्र विकास भी किया जा सकता है, दुनिया के लिए इसकी एक मिसाल है मॉरीशस। आज वहाँ का एक रुपया हमारे लगभग डेढ़ रुपए के बराबर है और प्रति व्यक्ति न्यूनतम मजदूरी पाँच सौ रुपए प्रतिदिन है। चीनी, कपड़े, आभूषणों व मशीनरी-उपकरणों का यह मुख्य निर्यातक देश है। यह सब उसकी सांस्कृतिक समृद्धि के साथ-साथ भौतिक समृद्धि का भी परिचायक है।

सौंदर्य का शिखर

जिस तरह हमारे सुंदर देश का नाम राजा भरत के नाम पर भारत पड़ा, वैसे ही नामकरण तो यहाँ भी हुआ। एक नहीं, अनेक। जो भी यहाँ आता, मुग्ध होकर इसे नए नाम दे जाता। इस तरह यहाँ आए विभिन्न देशों के राजकुमार या उनके कप्तानों व अन्य नाम पर इसका नाम बदलता रहा। कभी दीना अरोबी (अरबी), कभी डोमिंगो फरनांडज (पुर्तगाली), मारिस आंव नासो (डच), इल द फ्रांस, राजहंसों का द्वीप और फिर मॉरीशस हो गया। कहते हैं, हमारे मॉरीशस से संबंध आर्य काल से रहे हैं,

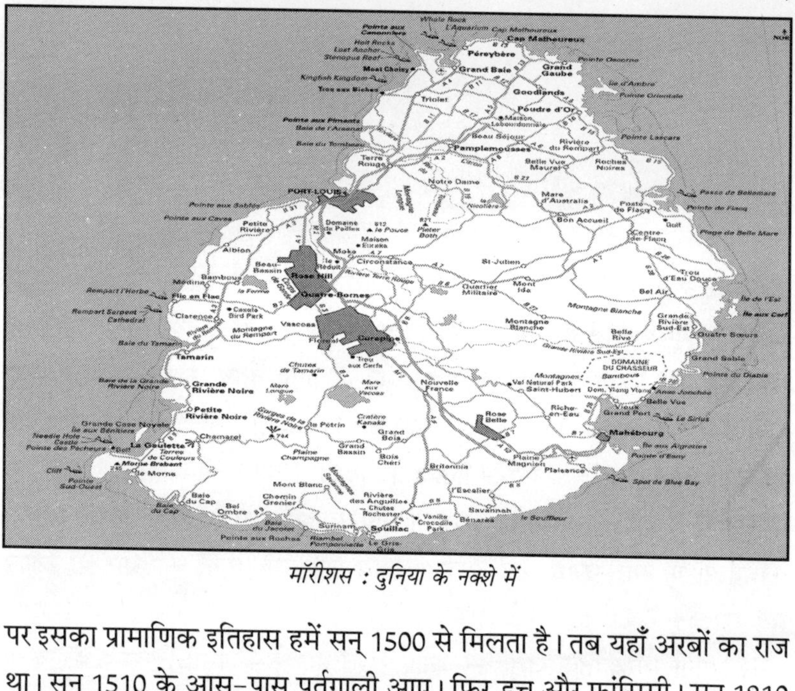

मॉरीशस : दुनिया के नक्शे में

पर इसका प्रामाणिक इतिहास हमें सन् 1500 से मिलता है। तब यहाँ अरबों का राज था। सन् 1510 के आस-पास पुर्तगाली आए। फिर डच और फ्रांसिसी। सन् 1810 में यहाँ अंग्रेजी राज स्थापित हो गया, जो सन् 1968 तक चला। 12 मार्च, 1968 को मॉरीशस आजाद हो गया। 12 मार्च के ही दिन सन् 1992 में यह हिंद महासागर का सबसे नवोदित गणराज्य बन गया। आज मॉरीशस से भारत का सीधा संपर्क है। भारत और इसके बीच हफ्ते में छह हवाई उड़ानें हैं और यह यात्रा पाँच से छह घंटे की है।

□

सदा स्मरणीय 'मील के पत्थर'

मॉरीशस में भारतवंशियों का पदार्पण सन् 1834 में हुआ। सर्वप्रथम प्रवास की लगभग तीन पीढ़ियाँ क्रूर यातनाएँ झेलती रहीं। कोई उनकी सुध लेने वाला नहीं था। बीच-बीच में दुनिया को दिखाने के लिए विलायत से शाही आयोग जरूर आता और मजदूरों की बेहतरी का झुनझुना थमा जाता। पर हालात जस के तस रहते।

पहली बार उम्मीद की किरण तब जागी, जब सन् 1901 में मोहनदास करमचंद गांधी डरबन से बंबई जाते हुए यहाँ पहुँचे। गांधीजी यहाँ 18 दिन रहे। उन्होंने भारतवंशियों की दयनीय स्थिति को बहुत नजदीक से देखा। यहाँ भी हालात दक्षिण अफ्रीका जैसे ही थे। पर वे उधर से छोड़कर तुरंत नहीं आ सकते थे, इसलिए उन्होंने अपने परम सहयोगी बड़ौदा निवासी मणिलाल डॉक्टर को यहाँ सेवा के लिए भेजा।

मणिलाल यहाँ चार साल से अधिक रहे। इस दौरान उन्होंने फ्रेंच व अंग्रेजी भाषी बुद्धिजीवियों एवं जमींदारों के बीच भारतवंशियों का पक्ष रखा। यह उनकी पक्षधरता का पहला मौका था। यही नहीं, उन्होंने इन भारतीय गरीबों का कोर्ट में भी बचाव किया। प्रेस स्थापित कर पत्रिका शुरू की और यहाँ की असलियत दुनिया के सामने रखी। आर्य समाज और यंग मैन हिंदू एसोसिएशन जैसी संस्थाओं की मदद ली। मॉरीशस के कोने-कोने में दौरा कर भारतीयों को जगाने की अभिनव पहल की। यहीं से फिर वह फीजी चले गए।

मणिलालजी के आमंत्रण पर ही आत्माराम विश्वनाथ सन् 1912 में मॉरीशस आए। उन्होंने पूरे आठ साल यहाँ भारतवंशियों का नेतृत्व किया। सन् 1916 में राम

खेलावन बुधन बैरिस्टर बनकर विलायत से स्वदेश लौटे। इसी बीच आर्य समाज आंदोलन ने जन्म लिया। हिंदू सभा ने संगठन की भावना जगाई। हिंदी प्रचारिणी सभा बनते ही भाषा-संस्कृति के प्रचार-प्रसार ने भी जोर पकड़ा।

सन् 1935 में शिवसागर रामगुलाम विलायत से डॉक्टरी कर लौटे और यहाँ आते ही जनसेवा में जुट गए। इस तरह पश्चिम से पढ़-लिखकर आए नौजवानों की टीम खड़ी होने लगी। पहली बार रामगुलामजी ने ही लोगों में आंदोलन की अलख जगाई। सन् 1936 में डॉक्टर मोरिस क्यूरे, पंडित सहदेव पांडे व अन्य साथियों ने मिलकर मजदूर संघ खड़ा किया।

प्रो. वासुदेव विष्णुदयाल ने भारतीयता का वह कालजयी काम किया, जो यहाँ हमारे महापुरुषों ने किया। उनके साथ दो और भाई सुग्रीवजी, सुखदेवजी भी थे, जो विष्णुदयाल बंधु नाम से विख्यात हैं।

इसके बाद तो जुझारू नौजवानों के आने का क्रम बढ़ता गया। भारत से भी पढ़े-लिखे नौजवान यहाँ पहुँचने लगे। इनमें जयनारायण राय, सर अब्दुल रजाक मुहम्मद, डॉ. चिरंजीव भारद्वाज, प्रो. रामप्रकाश, सूरज प्रसाद, मंगर भगत आदि प्रमुख थे। ये सभी यहाँ आकर जनांदोलन से जुड़ गए। पढ़े-लिखे इन नौजवानों ने सांस्कृतिक आंदोलन को भी अपना कारगर हथियार बना लिया। डॉ. भारद्वाज की पत्नी सुंगली देवी ने तो यहाँ 'आर्य महिला समाज' की स्थापना कर मातृशक्ति को जाग्रत् किया।

यह जुझारू नौजवानों के व्यापक जनजागरण का ही परिणाम था कि 15 अगस्त, 1947 को जब भारत आजाद हुआ तो गुलाम मॉरीशस में भी भारत जैसा ही जश्न मनाया गया। राजधानी पोर्ट लुई के शांदे मार्स मैदान में एक वृहद समारोह आयोजित किया गया। यही नहीं, 30 जनवरी, 1948 को राष्ट्रपिता महात्मा गांधी की हत्या पर शांदे मार्स मैदान में ही अब तक की सबसे बड़ी शोक सभा भी हुई। सन् 1950 में भारतीय गणतंत्र दिवस के अवसर पर डॉक्टर शिवसागर रामगुलाम की अगुवाई में यही ऐतिहासिक शांदे मार्स मैदान एक बार फिर भव्य समारोह का साक्षी बना। यह मॉरीशस के भारतवंशियों का अपने पुरखों की भूमि भारत के प्रति अगाध श्रद्धा और लगाव का द्योतक है।

भारत से मिली प्रेरणा

अब सन् 1950 के बाद मॉरीशस में भी आजादी का जुनून जोर मारने लगा। यही नहीं, यहाँ की राजनीति में भारतवंशियों का दखल भी बढ़ गया था। वरना शताब्दी के पहले दशक तक तो इनकी कोई पूछ ही नहीं थी। सन् 1909 में पहली बार 'रॉयल कमीशन' ने द्वीप में दो-तिहाई भारतवंशी जनसंख्या का हवाला देते हुए इन्हें भी प्रतिनिधित्व दिए जाने की वकालत की। इस तरह धीरे-धीरे इनकी पैठ शुरू हुई, सन् 1948 में पहली बार भारतवंशियों को प्रभावी प्रतिनिधित्व मिला। इसके बाद तो यह बढ़ता ही गया। सन् 1967 के आम चुनाव में डॉ. शिवसागरजी की पार्टी बहुमत में आ गई। ब्रिटिश उपनिवेश की हिमायती गोरों और क्रियोलों की पार्टी मॉरिशिया मात खा गई और लेबर पार्टी, फारवर्ड ब्लॉक व मुसलिम कमेटी आदि की एकजुट पार्टी 'इंडिपेंडेंट' को विजयश्री मिली। इस तरह आजादी का मार्ग प्रशस्त हो गया। शिवसागरजी ने नई विधानसभा में मॉरीशस की स्वतंत्रता का प्रस्ताव रखा। बड़े बहुमत से यह प्रस्ताव पारित हो गया और 12 मार्च, 1968 को मॉरीशस आजाद हो गया। यूनियन जैक की जगह देश का 'चौरंगा' फहराने लगा और लंबे संघर्ष के बाद भारतवंशी सत्तासीन हुए।

इस तरह उपनिवेशवाद से छुटकारा मिला और एक लोकतंत्र का उदय हुआ। पर अभी भी ब्रिटिश सरकार का प्रतिनिधि ही था। इसलिए मंत्रिमंडल तो अपना था, पर गवर्नर जनरल ब्रिटिश साम्राज्य का। किंतु 12 मार्च, 1992 को मॉरीशस पूर्णरूपेण स्वतंत्र हो गया और विश्व मानचित्र में एक नया गणराज्य जुड़ गया।

समाचार-पत्रों की महती भूमिका

जनचेतना जगाने और मॉरीशस के नव-निर्माण में पत्र-पत्रिकाओं एवं साहित्य का भी अविस्मरणीय योगदान रहा। उस दौर में एक ओर अंग्रेजी सत्ता से पार पाना था, तो दूसरी ओर अपने ही लोगों की अशिक्षा व गरीबी से। इस तरह दो आंदोलन चले—एक राजनीतिक और दूसरा सांस्कृतिक। उस समय सबसे पहली जरूरत थी सबल और संगठित होने की। हालातों से उबरने और जाग्रत् होने की। यहाँ की पत्र-पत्रिकाओं ने इसमें उल्लेखनीय भूमिका निभाई।

'हिंदुस्तानी' से शुरुआत

सामाजिक अलख की यह क्रांतिकारी शुरुआत पहले हिंदी समाचार-पत्र 'हिंदुस्तानी' से हुई। मणिलाल डॉक्टर ने 15 मार्च, 1909 को इसका शुभारंभ किया। पत्र का मूलमंत्र था—'स्वतंत्रता और भाई चारा'। इसके बाद 'मॉरीशस आर्य' पत्रिका, 'ओरियंटल बजट', 'मॉरीशस इंडियन टाइम्स', 'मॉरीशस मित्र', 'आर्यवीर', 'सनातन धर्मांक', 'जागृति', 'जनता और जमाना', 'मजदूर', 'अनुराग', 'नवजीवन', 'समाजवाद', 'बालसखा' आदि तमाम पत्र-पत्रिकाओं ने यह अलख जगाई और आजादी के लिए जन-आंदोलन को प्रखर बनाने में महत्त्वपूर्ण भूमिका निभाई। आज भारत से बाहर सिर्फ मॉरीशस ही ऐसा देश है, जहाँ सर्वाधिक हिंदी पत्र-पत्रिकाएँ प्रकाशित हो रही हैं। पत्रकारिता के अलावा ऐसे साहित्यकारों की भी यहाँ लंबी जमात है, जो सृजनशील व सरोकारी साहित्य-सेवा में जुटी रही और जुटी है। इनमें अभिमन्यु अनत, रामदेव धुरंधर, कृष्ण लाल बिहारी, रामखेलावन, मुनीश्वर चिंतामणि, डॉ. जागा सिंह, इंद्र देव भोला, वेणिमाधो, पं. मुलकानंद चटर्जी, राज हीरामन, लोचन विदेशी आदि उल्लेखनीय हैं।

□

अविस्मरणीय दिन : यात्रा का आमंत्रण

यात्राएँ करना मेरा जुनून रहा है। यात्राएँ मुझे जहाँ आह्लादित करती रही हैं, वहीं इनसे मुझे बहुत कुछ जानने, समझने और सीखने का सौभाग्य भी मिला है। बल्कि मैं तो कहूँगा कि मेरा यह सामाजिक-समर्पण और साहित्यक-सृजन इसी यायावरी की देन है। मेरी कविताएँ या कहानियाँ अथवा उपन्यास, उनके पात्र इन्हीं यात्राओं ने मुझे दिए हैं।

हिमालय का महाकुंभ : नंदा राजजात हमारे 'इतिहास और दर्शन' का कवित्व सहेजे, 18 दिन की पैदल यात्रा का अपने आप में अनूठा व रोमांचक संस्मरण है, तो 'स्पर्श गंगा' अमृत-तुल्य जलधारी मोक्षदायिनी पावन माँ गंगा समेत देवभूमि की सदानीरा नदियों के साथ भरे एक-एक डग का अद्‌भुत अहसास। कुल मिलाकर मेरे समग्र लेखन को एक तरह से समग्रता और सजीवता यात्राओं ने ही दी है। मेरी संवेदनशीलता, सृजनशीलता और समझ बढ़ाने में मदद भी की है। मैं सार्थक और सरोकारी जीवन के लिए यात्राओं को सौभाग्य मानता हूँ।

ऐसा ही सौभाग्य मुझे देवभूमि उत्तराखंड के मुख्यमंत्री पद पर प्रथम सेवक के रूप में मिला। मुझे बचपन से ही हर संस्मरण तिथिवार अपनी डायरी में अंकित कर लेने की आदत रही है। यह तिथि भी अंकित है, गुरुवार 12 नवंबर, 2009; मैं अपने अधिकारियों के साथ देहरादून के बीजापुर राज्य अतिथि-गृह में महत्त्वपूर्ण पत्रावलियों में व्यस्त था। इन्हीं में मॉरीशस दूतावास से आया एक पत्र था। इसमें मुझे मॉरीशस आने का आमंत्रण दिया गया था। पढ़कर मैं भावुक हो गया। आमंत्रण मॉरीशस के राष्ट्रपति सर अनिरुद्ध जगन्नाथ का था। उन्होंने अपने राष्ट्रीय पर्व 'महाशिवरात्रि' पर मुझसे मॉरीशस के राजकीय अतिथि का आमंत्रण स्वीकारने का

दिसंबर 2008 में 'नंदा देवी राजजात' का देहरादून में विमोचन करते हुए सर अनिरुद्ध जगन्नाथ, साथ में हैं योगगुरु बाबा रामदेव, स्वामी चिदानंद मुनीजी तथा मुख्यमंत्री मे.ज. भुवन चंद्र खंडूरी

अनुरोध किया था। मेरी आँखें खुशी से छलछला आईं। यह खुशी मॉरीशस का मेरा सपना साकार होने से ज्यादा भावनाओं के उस गहरे अहसास की थी, जो पिछले तीस बरसों से मेरे भीतर पल रहा था।

मैं उस धरती के दर्शन का अभिलाषी था, जहाँ यातनाओं भरी पराधीनता के बीच सदियों बाद भी हमारी संस्कृति, हमारी परंपराएँ सुरक्षित हैं। भारत माता के उन सपूतों का स्पर्श चाहता था, जिनकी रगों में हमारा खून दौड़ने की बात वहाँ के राष्ट्रपति सर जगन्नाथ यहाँ कह गए थे। मैं उस 'भगीरथ' पंडित जमन गोसाई के मंदिर पर मत्था टेकना चाहता था, जिन्होंने 'गंगा तलाव' के रूप में गंगा जी का नया अवतरण कराया। महानायक डॉ. शिवसागर रामगुलाम की समाधि पर नतमस्तक होना चाहता था, जिन्होंने 'लघु भारत' का निर्माण कर नई पीढ़ी में भारतीयता कूट-कूटकर भरी।

यह सिर्फ मेरा सम्मान नहीं, देवभूमि उत्तराखंड का सम्मान था। माँ गंगा के मायके का सम्मान था। भारत का सम्मान था, मैं यहाँ के प्रतिनिधि बतौर अपनी सांस्कृतिक विरासत से जुड़ने जा रहा था।

आत्मीय स्मृति ताजा

सर अनिरुद्ध जगन्नाथजी से मेरे निजी संबंध भी रहे हैं। मॉरीशस आने का औपचारिक न्योता वह मुझे पिछले वर्ष तब दे गए थे, जब वह भारत यात्रा में उत्तराखंड पधारे थे। यहाँ देहरादून में उन्होंने मेरी पुस्तक 'हिमालय का महाकुंभ : नंदा देवी राजजात' का विमोचन किया। इस दौरान उनका भारत प्रेम और साहित्य के प्रति लगाव देखकर मैं बहुत प्रभावित हुआ। इस दौरान हमारे बीच अन्य कई विषयों पर चर्चा हुई। उत्तराखंड की संस्कृति और गंगा के बारे में उनकी उत्सुकता देख मुझे सुखद आश्चर्य हुआ। वहाँ पल्लवित-पुष्पित हो रही हमारी संस्कृति की जानकारी पाकर तो इससे भी अधिक खुशी हुई।

सर अनिरुद्ध जगन्नाथजी ने इस दौरान बातचीत में मुझे बताया कि मॉरीशस के लोग बड़े गर्व से अपने राष्ट्र को 'लघु भारत' कहकर पुकारते हैं। यह इनके भारत से ऐतिहासिक, सांस्कृतिक, धार्मिक, साहित्यिक और सबसे ऊपर आत्मीय लगाव का परिचायक है। उनमें गंगा के प्रति अगाध श्रद्धा है। भारत और भारतीयता का प्रेम उनमें कूट-कूटकर भरा है। महेश्वरनाथ मंदिर, विश्व हिंदी सचिवालय, महात्मा गांधी संस्थान आदि के साथ-साथ देश के राजनीतिक, सांस्कृतिक, सामरिक, व्यापारिक संबंधों पर भी बातें हुईं। सहयोगी मंत्रीगण, विधायकों व पार्टी पदाधिकारियों से भी वह गर्मजोशी से मिले।

ओ.एन.जी.सी. प्रेक्षागृह, देहरादून में पुस्तक विमोचन कार्यक्रम के दौरान तो उन्होंने यह कहकर लोगों का दिल जीत लिया—"मॉरीशस 'लघु भारत' है और हमारी रगों में हिंदुस्तानी खून दौड़ रहा है।" उनके इस कथन पर काफी देर तक हॉल तालियों से गूँजता रहा।

मेरी आँखें नम हो गईं। उन्होंने अपना 15 मिनट का संबोधन भी हिंदी में ही किया। यह बहुत ही भावुक और आत्मीय क्षण था। इस आमंत्रण पर मेरी पुरानी मधुर आत्मीय स्मृति पुनः ताजा हो गई।

नंदा देवी राजजात यात्रा उत्तराखंड के चमोली जिले में हर बारह वर्ष के बाद आयोजित की जाती है। जो हिमालय के महाकुंभ के रूप में पूरी दुनिया में अपने प्रकार की एक अलग सांस्कृतिक यात्रा है।

ओ.एन.जी.सी. का प्रेक्षागृह भी उस दिन साहित्य, संस्कृति, अध्यात्म, राजनीति

और प्रशासन का अद्‌भुत महाकुंभ बन गया था। जहाँ मंच पर मॉरीशस के राष्ट्रपति सर अनिरुद्ध जगन्नाथ थे तो वहीं हमारे प्रदेश के तत्कालीन मुख्यमंत्री मे.ज. भुवन चंद्र खंडूरी, योगगुरु बाबा रामदेवजी और भारतीय संस्कृति के महारथी स्वामी चिदानंद मुनिजी विराजमान थे। दूसरी ओर हॉल में प्रदेश के अनेक सुप्रसिद्ध साहित्यकर्मी, संस्कृतिकर्मी, मंत्रीगण, नेतागण और अधिकारी गण मौजूद थे। स्वामी रामदेवजी ने अपने संबोधन में कहा कि नंदादेवी राजजात यात्रा आस्था, रहस्य, रोमांच, पराक्रम और साहस से युक्त दुनिया की सबसे अनोखी यात्रा है।

चुनौती भरा निर्णय

मॉरीशस का आमंत्रण मेरे लिए जितना गुदगुदानेवाला था, उसे स्वीकारना उतना ही चुनौतीपूर्ण। इसे मैं अपने ही नहीं, बल्कि समूचे राज्य के परिप्रेक्ष्य में देखने लगा। हमारे देश के साथ इसके सांस्कृतिक, सामाजिक, आर्थिक एवं सामरिक संबंधों से तो मैं अब भली-भाँति परिचित हो चुका था। लिहाजा मुझे लगा, क्यों न अब मॉरीशस को इस देवभूमि से सीधे जोड़कर इस रिश्ते को और सशक्त बनाया जाए।

मॉरीशस से एक तरह का आत्मीय लगाव होने के साथ-साथ प्रदेश का मुख्य सेवक होने के नाते मैं इसके लिए संभावनाएँ भी तलाशने लगा। सचिवों व उच्च अधिकारियों को बुलवाकर उनसे मंत्रणा की। उद्‌देश्य था, किस तरह हम मॉरीशस के निवेशकों को उत्तराखंड में आमंत्रित करके अपने इस नवोदित राज्य के विकास के लिए बेहतर माहौल बना सकते हैं; खासतौर से पर्यटन, संस्कृति व उद्योग के क्षेत्र में।

इस बीच मैंने उत्तराखंड राज्य के संस्कृति, उद्योग एवं पर्यटन मंत्रालय के मंत्रियाँ एवं उच्च अधिकारियों के साथ अलग-अलग बैठकें कर इन क्षेत्रों में मॉरीशस के साथ आपसी संबंध स्थापित करने के लिए व्यापक एवं प्रभावी मसौदा तैयार किया। हमने तय किया कि मॉरीशस की तीन दिवसीय यात्रा के दौरान हम वहाँ पर पर्यटन ढाँचे से लेकर औद्योगिक विकास, व्यापार और सांस्कृतिक गतिविधियों का गहन अध्ययन भी करेंगे, ताकि हम उस दिशा में और बेहतर तरीके से आगे बढ़ सकें।

इसी व्यापक दृष्टिकोण को ध्यान में रखकर मेरे सहयोगियों ने मेरी इस मंशा से मॉरीशस उच्चायोग तथा भारतीय उच्चायोग के साथ-साथ मॉरीशस में उच्चाधिकारियों को अवगत कराया और निरंतर संपर्क में बने रहे।

इस तरह हम मॉरीशस के लिए रवाना होने से पहले हर स्तर पर अच्छा-खासा विचार-विमर्श कर चुके थे। यात्रा पर जाने से तीन दिन पूर्व मैंने एक बार फिर प्रतिनिधिमंडल में शामिल अपने सभी अधिकारियों से मंत्रणा की और इस यात्रा को अविस्मरणीय बनाने को कहा।

अपनी राजनैतिक और प्रशासनिक व्यस्तताओं के बीच मेरे मन में बार-बार यही विचार कौंधता रहा कि नवोदित पर्वतीय राज्य उत्तराखंड के मुख्य सेवक के रूप में की जानेवाली मेरी मॉरीशस-यात्रा देवभूमि उत्तराखंड की आर्थिक, सामाजिक, सांस्कृतिक एवं साहित्यिक अभिवृद्धि में कैसे अधिक-से-अधिक योगदान कर सकती है। इसी उद्‌देश्य को सर्वोपरि रखते हुए मैंने तैयारियाँ शुरू कर दीं।

□

यात्रा का शुभारंभ : दुबई में तीन घंटे

कभी-कभी संयोग विचित्र हो जाते हैं। हमें 7 फरवरी, 2010 को मॉरीशस रवाना होना था। इसी बीच पता चला कि 7 फरवरी, 2010 को मुझे दिल्ली में 'आंतरिक सुरक्षा पर मुख्यमंत्रियों के सम्मेलन' में भाग लेना है। इससे यात्रा-कार्यक्रम में कोई बड़ा बदलाव तो नहीं करना पड़ा, पर भाग-दौड़ बढ़ गई।

'राष्ट्रीय सुरक्षा परिषद्' की बैठक संपन्न होते ही मैंने उसी दिन मॉरीशस निकल पड़ने का निर्णय लिया। उसी रात 11:40 बजे मॉरीशस के लिए उडान थी। पर बताया गया कि सीधी उड़ान के बजाय हमें पहले दुबई जाना होगा और वहाँ कुछ घंटे रुककर मॉरीशस की दूसरी उडान लेनी होगी।

पिछले अनुभव काम आए

विगत यात्राओं से मुझे काफी कुछ सीखने को मिला। इसलिए मैं कहीं कोई कोर-कसर नहीं छोड़ना चाहता था। और फिर यह यात्रा तो मेरे लिए कई मायनों में महत्त्वपूर्ण थी। यात्रा राजनयिक दृष्टि से तो खास थी ही, पर मेरे लिए इसका सांस्कृतिक, साहित्यिक व सामाजिक महत्त्व भी कम नहीं था। राज्य के परिप्रेक्ष्य में भावी संभावनाएँ तलाशने की जिम्मेदारी भी मुझे अंदर से उद्वेलित कर रही थी।

मैंने संपूर्ण यात्रा का खाका तैयार कर लिया और खास-खास बिंदु अपनी डायरी में नोट भी कर लिये। अभी समय था, इसलिए अपने सहयोगियों से भी मैं इस पर विचार-विमर्श कर लेना चाहता था। उत्तराखंड निवास से ही दूरभाष पर मैंने देहरादून सचिवों से उनके द्वारा तैयार बिंदुओं पर भी मंत्रणा की। रात्रि नौ बजने पर तैयारियों का जायजा लिया। सामान भी काफी हो गया था। किताबें ज्यादा थीं।

आंतरिक सुरक्षा पर मुख्यमंत्रियों के सम्मेलन में तत्कालीन केंद्रीय वित्त मंत्री पी. चिदंबरम से बातचीत करते हुए

उनका विमोचन मॉरीशस में महामहिम राष्ट्रपति तथा प्रधानमंत्री के हाथों होना था। इनमें एक पुस्तक थी—'खड़े हुए प्रश्न' कहानी संग्रह का फ्रैंच अनुवाद *'Esperence Et Verites'* और दूसरी पुस्तक पैदल-पैदल गाँव-नगर नापकर माँ गंगा समेत देवभूमि उत्तराखंड की सदानीरा नदियों के तमाम अनछुए पहलुओं को उजागर करती 'स्पर्श गंगा'। यह पुस्तक आज मॉरीशस के पाठ्यक्रम में भी शामिल है।

दिल्ली के अंतरराष्ट्रीय हवाई अड्डे से ठीक 11:40 मिनट पर हमारे विमान ने उड़ान भरी। कुछ ही देर बाद हम आसमान में जा पहुँचे। नीचे महानगर और आसपास के इलाके रोशनी में जगमगाते ऐसे लग रहे थे, मानो झिलमिलाते नगीनों से जड़ा चमचमाता कोई गलीचा बिछा हो। कुछ पल के लिए मैं जैसे इन वादियों में खो सा गया। मैंने मानवीय पुरुषार्थ और उसके कौशल के उस चमत्कार को नमस्कार किया, जिसकी बदौलत मैं इतनी ऊँचाई से रोशनी में नहाई धरती का यह विहंगम मनोहारी दृश्य निहारने का सौभाग्य पा रहा था।

कुछ ही समय बाद मैं मॉरीशस की मधुर स्मृतियों में खो गया। एक-एक कर मॉरीशस के बारे में सुने गए संस्मरण मुझे गुदगुदाने लगे। इन सबका साक्षी सौभाग्य

से मैं गद्गद था। पाँच हजार किलोमीटर लंबा हिलोरें लेता सागर और पीढ़ियों का फासला भी जिन लोगों के संस्कार और सरोकारों को डिगा नहीं पाया। मैं उनसे गले मिलकर दिली आभार जताना चाहता था।

मैं सोच में ही डूबा था कि जानकारी दी गई कि दुबई अब आने ही वाला है। हम सब चौकन्ने हो गए। दुबई के बारे में खूब सुना था—यहाँ की चकाचौंध के बारे में। इनसान के पुरुषार्थ और कौशल को निहारने की ललक मैं भी नहीं रोक पाया। आकाश से वहाँ का भव्य नजारा एकटक देखता ही रह गया। अद्भुत! पुराणों में वर्णित इंद्रपुरी सा नजारा। यह अन्वेषी मानव की सतत साधना की उपज है, जिसने आदमी को आज दैवीय चमत्कारों के करीब ला दिया है। पलक झपकते ही हम दुबई एयरपोर्ट पर थे। विमान से उतरने के पश्चात् हम वी.आई.पी. लॉज में आ बैठे।

हमारे पास ढाई घंटे का समय था, मॉरीशस के लिए अगली उडान 3:45 बजे थी, कुछ देर विश्राम करने और चाय इत्यादि लेने के पश्चात् हम एयरपोर्ट के ग्राउंड फ्लोर पर टहलने आ गए। एयरपोर्ट की भव्यता देखकर हमारी आँखें चुँधिया गई थीं।

आसपास देखकर लगता ही नहीं था कि हम किसी एयरपोर्ट के अंदर हैं।

गगनचुंबी इमारतों का शहर दुबई

हवाई जहाज से नजर आता दुबई का एक दृश्य

ऐसा प्रतीत होता था, मानो बड़े ही सलीके से सजाए किसी बड़े शहर के अंदर घूम रहे हों। पूरा दृश्य किसी भव्य बाजार जैसा था। चारों तरफ सजी हुई दुकानें। इलेक्ट्रॉनिक सामान, आभूषण, वस्त्र आदि से लेकर नाना प्रकार की ऐसी अत्याधुनिक वस्तुएँ।

गजब की चमक-दमक। खूब चहल-पहल व आवाजाही देख लगता ही नहीं था कि यह मध्य रात्रि का समय है। इसी चकाचौंध को निहारते दो घंटे कब निकल गए, पता ही नहीं चला।

हमें बताया गया कि दुबई संयुक्त अरब अमीरात की सात रियासतों में एक है। पर इतना संपन्न और ताकतवर कि राष्ट्रीय महत्त्व के गंभीर मामलों में इसका निर्णय सर्वोपरि रहता है। तेल के अकूत भंडारों से फला-फूला दुबई आज न सिर्फ दुनिया के महत्त्वपूर्ण व्यापारिक केंद्रों में एक है, बल्कि पर्यटन, रीयल एस्टेट और आर्थिकी का सरताज भी है।

जहाँ कभी मीलों रेगिस्तान का मरघटी सन्नाटा पसरा रहता था। पानी की बूँद तक नहीं थी। ऊपर से आग उगलती गरमी थी। आज वहाँ गजब की चहल-पहल है। रेत के टीलों की जगह समृद्धि की गगनचुंबी इमारतें हैं।

आँखों को चौंधिया देनेवाली चमक-दमक है। हरे-भरे पार्क हैं; बर्फ और स्केटिंग तक का आनंद लेने की व्यवस्था है। कुल मिलाकर मानव की असीम

रेतीले मैदान जैसा था अतीत का दुबई

दुबई एयरपोर्ट के अंदर का एक दृश्य

क्षमताओं का दर्शन कराती एक बिलकुल ही नई दुनिया। लोग कह रहे थे, आज पेरिस, न्यूयॉर्क भी इसके आगे बौने हैं। लास-वेगास की चमक भी यहाँ फीकी पड़ जाती है। कारोबार में यह हांगकांग, सिंगापुर से कहीं आगे निकल गया है।

किसी ने खूब कहा, रेत से पानी निकाल देने जैसा चमत्कार है यह। सन् 1971 में ही तो अंग्रेजों के उपनिवेश से यह भूभाग स्वतंत्र हुआ। बाद में पड़ोस की छह रियासतों से मिलकर 'संयुक्त अरब अमीरात' की नींव पड़ी। सिर्फ चार दशकों से हुई यह प्रगति खुली आँखों से सपने देखने जैसी है। दुबई के इस चमत्कार का श्रेय शेख मोहम्मद के भगीरथ प्रयत्न को जाता है।

मैं यह जानकर दंग रह गया कि दुबई छत पर तैयार की गई उस बगिया की तरह है, जिसका अपना कुछ नहीं। मिट्टी-पानी, घास-पौधे सब बाहर से आयातित। पशु-पक्षी भी। पानी की व्यवस्था जमीन में पाइपों का जाल बिछाकर की गई है। आदमी के पुरुषार्थ और कौशल की इस जादूगरी के आगे मैं नतमस्तक हो गया। आदमी चाहे तो क्या नहीं कर सकता। दुबई इसका उदाहरण है। इस मानवीय चमत्कार को नमस्कार कर हम आगे की यात्रा पर निकल पड़े।

□

मॉरीशस की धरती को शाश्वत नमन

8 फरवरी की सुहावनी सुबह।

चारों तरफ जैसे सुंदर नीली चादर तान दी गई हो। ऊपर साफ खिला आसमान और नीचे अठखेलियाँ करता विशाल सागर। प्रातः नौ बजे के आसपास जब मॉरीशस आने की सूचना मिली तो मॉरीशस दूर समुद्र में लंगर डाले एक जंगी जहाज की तरह दिखा। यूँ भी बरसों से यह खूबसूरत द्वीप सागर व समय से जंग ही तो लड़ता आ रहा है। न जाने कितने लोग यहाँ आए, बसे और इतिहास बन

हवाई जहाज से नजर आता मॉरीशस का विहंगम दृश्य

मॉरीशस में जगमगाती हवाई पट्टी पर उड़ान भरता हवाई जहाज

गए। भारतवंशियों ने तो नया इतिहास ही रच डाला। इन्हीं पढ़े-सुने संस्मरणों ने मेरे दिल में यहाँ के प्रति गहरा जुड़ाव और जुनून पैदा कर दिया।

मॉरीशस खूबसूरत नीले समुद्र में चमकता नायाब नगीना लग रहा था। ज्यों-ज्यों विमान धरती के पास आता गया, मॉरीशस और सुंदर नजर आने लगा। मयूर पंख से जड़ी मोती सी धरती और चारों तरफ नीलाभ आवरण सा हिलोरे लेता सागर। लगता है जैसे कुदरत ने खुद अपने हाथों से फुरसत में इसे बनाया हो। शायद इसीलिए किसी कवि हृदय ने इसका नाम ही रख दिया—'राजहंसों का द्वीप'। यह नजारा अद्भुत-अलौकिक था। जैसा सुना, वैसा ही पाया।

ठीक प्रात: 9 बजकर 30 मिनट यानी भारतीय समयानुसार प्रात: 8 बजे हमारा विमान सर शिवसागर रामगुलाम अंतरराष्ट्रीय हवाई अड्डे पर उतरा। बाहर निकलते ही अपनी अगवानी में खड़ी आत्मीय भीड़ देख मैं भावुक हो गया। 'अतिथि देवो भव:' की अपनी जिस वैदिक उक्ति को हम यहाँ दोहराते नहीं अघाते, उसके यहाँ मैं साक्षात् दर्शन कर रहा था। फूल और फूलमालाएँ लिये लोग ऐसे गर्मजोशी से खड़े थे, मानो उनके कोई परिवारीजन आ रहे हों। आत्मीय मुसकान और उसी तरह दिल की गहराइयों से अभिवादन करते हुए सर्वप्रथम

मुझसे परिचय कराया गया। सबसे आगे थे—मॉरीशस सरकार के शिक्षा और संस्कृति मंत्री डॉ. बसंत कुमार वनवारी, उद्योग मंत्री श्री धर्मवीर गोकुल व स्वास्थ्य मंत्री श्री राजेश्वर जेठा। साथ में भारत में मॉरीशस के उच्चायुक्त श्री मुकेश्वर चुन्नी तथा मॉरीशस में भारत के उच्चायुक्त श्री मधुसूदन गणपति व प्रधानमंत्री कार्यालय के अधिकारीगण समेत श्री राजकुमार सकून, राधेमोहन ननकू व अन्य गणमान्य जन। सभी लोगों ने बड़ी गर्मजोशी से हमारा स्वागत किया। फिर एक-एक कर सभी लोगों का हमसे परिचय कराया गया। औपचारिक परिचय के पश्चात् हवाई अड्डे पर ही मेहमानों को अल्प जलपान कराया गया।

इस दौरान मैं सोचता रहा—कैसे जीवट और जीवंत हैं यहाँ के लोग, और कैसे इस अथाह सागर के बीच विशाल लहरों को पस्त कर निश्चल खड़ा है यह मॉरीशस। शायद इसकी इसी जीवटता से प्रेरित होकर यहाँ के पुरुषार्थी लोगों ने इस 'उजाड़' को 'चमन' बना दिया है। मैं धन्य हो गया, इस पुरुषार्थी धरती का स्पर्श पाकर।

मेरी यात्रा के औपचारिक कार्यक्रम आज से ही शुरू होने थे। मेरा पहला

आगवानी करते मॉरीशस के शिक्षा एवं संस्कृति मंत्रीजी

कार्यक्रम 11 बजे मॉरीशस गणतंत्र के प्रधानमंत्री डॉ. नवीन रामगुलामजी से मुलाकात का तय था। डॉ. रामगुलामजी का निमंत्रण हमें पूर्व में ही मिल चुका था। उनका दिली आग्रह था कि महामहिम राष्ट्रपतिजी के आवास पर जाने से पूर्व प्रधानमंत्री आवास पर अवश्य आना है। उनका यह स्नेह भरा आमंत्रण और आत्मीय आग्रह मैंने सहर्ष स्वीकार भी कर लिया था।

हमारे पास समय बहुत ही कम था। मॉरीशस की राजधानी पोर्ट लुई शहर, जहाँ हमको जाना था वह एयरपोर्ट से लगभग 70 कि.मी. दूर था। स्पष्ट था कि वहाँ पहुँचने में हमें एक घंटे से भी अधिक समय लगनेवाला था। मैंने घड़ी देखी तो 10 बज चुके थे और प्रधानमंत्रीजी से मुलाकात के पश्चात् एक बजे महामहिम राष्ट्रपति सर अनिरुद्ध जगन्नाथ से राष्ट्रपति भवन में हमारी मुलाकात पूर्व निर्धारित थी। इसके बाद महात्मा गांधी संस्थान में आयोजित एक कार्यक्रम में मेरी पुस्तक 'धरती का स्वर्ग उत्तराखंड : स्पर्श गंगा' का विमोचन महामहिम राष्ट्रपति के कर-कमलों से होना था।

इसलिए शीघ्र ही हम सब एयरपोर्ट पर ही तैयार हो राजधानी पोर्ट लुई के लिए रवाना हो गए।

मौसम बड़ा खुशगवार था। बूँदाबाँदी के साथ ठंडी ताजगी देती हवाएँ चल रही थीं। मॉरीशस की साफ, सुंदर और सपाट सड़कों पर हमारा काफिला सरपट आगे दौड़ रहा था। सबसे आगे नीली बत्तियाँ लगी सफेद रंग की एक खास मोटर

अति विशिष्ट जनों के काफिले का मार्गदर्शक : 'राइडर'

साइकिल पर एक पुलिसकर्मी सवार था, जो वहाँ 'राइडर' कहलाता है। बरसाती कपड़े पहने, वायरलैस सैट और अन्य उपकरणों से सुसज्जित यह 'राइडर' ही असल में हमारा मार्गदर्शक था, साथ में यातायात नियंत्रक भी। वह आगे-आगे तेजी से सड़क पर आने-जाने वाले वाहनों को इशारा कर हमारे लिए रास्ता बनाता जा रहा था।

शिक्षा मंत्रीजी ने मुझे बताया कि यह राइडर यहाँ सिर्फ राष्ट्रपति और प्रधानमंत्री के काफिले के आगे ही चलता है। इसके अतिरिक्त अन्य किसी भी राजनेता को 'राइडर' दिए जाने की सुविधा अनुमन्य नहीं है। शिक्षा मंत्री की यह विनम्र जानकारी यह बताने को पर्याप्त थी कि अपने अतिथि के लिए यहाँ कितना सम्मान है।

बातों-ही-बातों में कब रास्ता कट गया, पता ही नहीं लगा। अभी बातें चल ही रही थीं कि हम प्रधानमंत्री डॉ. नवीन रामगुलाम के आवास पर जा पहुँचे। मुझे बड़ा आश्चर्य हुआ कि प्रधानमंत्रीजी अपने मंत्रिमंडलीय सहयोगियों के साथ स्वागत में फूल-मालाएँ लिये मुख्य द्वार पर ही खड़े थे। डॉ. रामगुलाम से यह मेरी पहली मुलाकात थी, किंतु उनके बारे में मैंने जो कुछ सुना था, यहाँ उससे भी बढ़कर पाया। उनकी विनम्रता और अतिथि-सत्कार का यह आत्मीय अंदाज मुझे अंदर तक छू गया। वह मेरे सहयोगियों से भी उसी आत्मीयता और गर्मजोशी से मिले।

□

प्रधानमंत्री आवास पर अविस्मरणीय आतिथ्य

मॉरीशस के यशस्वी प्रधानमंत्रीजी से लगभग घंटे भर मेरी आत्मीय वार्त्ता हुई। इस अल्पावधि में ही 'गागर में सागर' भरते हुए उन्होंने मुझे मॉरीशस की एक-एक जानकारी भी दे डाली। यही नहीं, इस दौरान उनसे भारत एवं मॉरीशस के संबंधों के अतिरिक्त पर्यटन, उद्योग, शिक्षा, संस्कृति तथा साहित्य आदि विषयों पर भी महत्त्वपूर्ण बातें हुईं।

विनम्रता की प्रतिमूर्ति डॉ. नवीनजी से मैं बेहद प्रभावित हुआ। हँसमुख, जुझारू, यशस्वी व संस्कारवान इस राजनेता को ये सारे गुण अपने पिता, मॉरीशस

आवास के बाहर ही खड़े हुए थे अगवानी के लिए प्रधानमंत्री डॉ. नवीन रामगुलामजी

के राष्ट्रपिता डॉ. शिवसागर रामगुलाम से विरासत में मिले हैं। यह उनकी लोकप्रियता का ही परिणाम है कि सन् 1991 से वे मॉरीशस की संसद् में लगातार प्रतिनिधित्व करते आ रहे हैं। वे दूसरी बार मॉरीशस के प्रधानमंत्री बने हैं।

मैं यह जानकर और भी प्रभावित हुआ कि 63 वर्षीय डॉ. रामगुलाम पेशे से डॉक्टर हैं। उनकी यह ध्येयधर्मी सेवा और संवेदनशीलता उनके व्यवहार में भी साफ झलकती है।

बहुमुखी प्रतिभा के धनी डॉ. नवीनचंद्र रामगुलाम ने डॉक्टर होते हुए भी प्रख्यात 'लंदन स्कूल ऑफ इकोनॉमिक्स ऐंड पॉलिटिकल साइंस' से कानून की डिग्री भी ली है। मैं यह जानकर हैरान हो गया कि सन् 2009 में एफ.आर.सी.पी. डिग्री प्राप्त डॉ. रामगुलाम को मॉरीशस यूनिवर्सिटी के साथ-साथ भारत की अलीगढ़ मुस्लिम यूनिवर्सिटी, जवाहरलाल नेहरू यूनिवर्सिटी, डी.वाई. पाटिल यूनिवर्सिटी तथा कुरुक्षेत्र विश्वविद्यालय से 'मानद उपाधियाँ' भी प्राप्त हैं। उन्होंने बताया कि सन् 1991 के आम चुनाव में वह पहली बार संसद् के लिए चुने गए और 1991 से 1995 तक संसद् में विपक्ष के नेता रहे। सन् 1995 में जब उनकी 'लेबर पार्टी' सत्ता में आई तो वह प्रधानमंत्री बने। फिर सन् 2000 से 2005 तक वे विपक्ष के नेता बने और सन् 2005 में भारी बहुमत से उनकी पार्टी सत्ता में लौटी, तो 5 जुलाई, 2005 को वे पुनः प्रधानमंत्री बने।

भारत से बेहद लगाव

मुझे बताया गया कि अपने स्वर्गीय पिता सर शिवसागर रामगुलाम की तरह ही डॉ. नवीनचंद्र रामगुलाम भी भारतवर्ष के प्रति असीम लगाव व श्रद्धा का भाव रखते हैं। यह उनके व्यवहार और कार्यशैली में भी साफ झलकता है। दोनों देशों को एक-दूसरे के और करीब लाने की उनकी अनुकरणीय पहल तथा इसी सिलसिले में अनेक भारत-यात्राओं के कारण वे भारत में 'सच्चे मित्र और हितैषी' के रूप में बेहद लोकप्रिय हुए हैं।

ऐसे आत्मीय और बहुमुखी प्रतिभा के धनी प्रधानमंत्री डॉ. नवीनचंद्र रामगुलाम से मैं मॉरीशस के बारे में भी बहुत कुछ जानना चाहता था। राजनीति से जुड़ा होने के कारण मॉरीशस के राजनीतिक ढाँचे के बारे में जानने के लिए भी मैं

उत्सुक था। अतः मैंने ही पहल करते हुए जब उनसे मॉरीशस के राजनीतिक परिदृश्य के बारे में जानने की इच्छा जताई तो उन्होंने सहर्ष स्वीकृति देते हुए मुझे इसकी मोटी-मोटी समग्र जानकारियाँ दे डालीं।

अद्भुत लोकतंत्र

मॉरीशस के संसदीय लोकतंत्र के बारे में डॉ. नवीनचंद्र रामगुलाम ने मुझे बताया कि मॉरीशस में केवल 70 संसद् सदस्य चुने जाते हैं और प्रधानमंत्री सहित अधिकतम 25 मंत्री ही मंत्रिमंडल में हो सकते हैं। यह सुनकर मुझे अपने उत्तराखंड की याद हो आई, जहाँ विधायकों की संख्या 70 है। लेकिन क्षेत्रफल में मॉरीशस लगभग हमारे देहरादून जिले के बराबर है। उन्होंने बताया कि वहाँ भी वोट देने का अधिकार हमारी तरह ही 18 वर्ष के बाद मिलता है। सरकार का कार्यकाल 5 वर्ष का होता है।

देश के कुल 21 संसदीय क्षेत्र हैं, इनमें से बीस संसदीय क्षेत्रों से तीन-तीन और एकमात्र 'रोड्रीग्यूज' द्वीप से मात्र दो सांसद चुने जाते हैं। यानी कुल 62 सांसद। इनके अलावा आठ सांसद हारे हुए प्रतिद्वंद्वियों में से 'बेस्ट लूजर'

प्रधानमंत्री डॉ. नवीन रामगुलाम से विभिन्न मुद्दों पर चर्चा करते हुए

प्रक्रिया के अंतर्गत समानुपातिक प्रतिनिधित्व की दृष्टि से चुने जाते हैं। मुझे यह जानकर आश्चर्य के साथ-साथ खुशी भी हुई कि मॉरीशस के लोकतंत्र में 'सर्वोत्तम पराजित' व्यक्ति को भी इतना अधिक महत्त्व दिया जाता है।

उन्होंने जानकारी देते हुए बताया कि यहाँ न्यायपालिका में सर्वोच्च न्यायालय भी है, लेकिन अभी भी न्याय के लिए ब्रिटिश और फ्रैंच प्रणाली ही अपनाई जाती है। यहाँ तक कि किसी न्यायिक मामले में अंतिम अपील इंग्लैंड की 'प्रिवी काउंसिल' में ही की जा सकती है। मॉरीशस की अपनी कोई सेना नहीं है, किंतु अपने तटरक्षक बल, पुलिस और सुरक्षा बल हैं। इस तरह डॉ. रामगुलाम ने मॉरीशस के बारे में मुझे बेहद महत्त्वपूर्ण एवं रोचक जानकारियाँ दीं।

देवभूमि से प्रभावित डॉ. नवीनचंद्र रामगुलाम

अब बारी डॉ. रामगुलामजी की थी। वह उत्तराखंड के बारे में जानने को बड़े उत्सुक थे। राजनीति पर भी बातचीत हुई, लेकिन मुख्य बिंदु देवभूमि उत्तराखंड की सांस्कृतिक, ऐतिहासिक और धार्मिक विरासत रही। मैंने बताया कि उत्तराखंड पर्यटन के साथ-साथ देश-दुनिया का धार्मिक और आध्यात्मिक केंद्र भी है। वेद-पुराणों की धरती भी यही है। यहीं देववाणी संस्कृत प्रकट हुई और

विजिटर बुक पर विचार अंकित करते समय सम्मान की अनोखी परंपरा

यहीं आयुर्वेद का भी जन्म हुआ। संसार का मार्गदर्शन करने वाली हमारी सनातन संस्कृति की यह देवभूमि ध्वजवाहक रही है। यह पावन भूमि देवताओं से लेकर ऋषि-मुनियों की साधनास्थली भी रही है। डॉ. नवीन रामगुलाम ने उत्तराखंड पर विशेष रुचि दिखाते हुए इन क्षेत्रों में सामूहिक पहल की इच्छा जताई। उन्होंने कहा कि शीघ्र ही एक उच्चस्तरीय शिष्टमंडल भावी संभावनाएँ तलाशने उत्तराखंड भेजेंगे। इस तरह उनके साथ जलपान मेरे लिए बेहद सार्थक रहा। उनका ज्यादा समय न लेते हुए हमने अपने अगले निर्धारित कार्यक्रम के लिए प्रधानमंत्रीजी से आज्ञा ली।

एक और आत्मीय अनुभव

ज्यों ही हम विदा लेने लगे, प्रधानमंत्री आवास के अधिकारियों ने परंपरागत तौर पर वहाँ रखी 'विजिटर बुक' पर कुछ टिप्पणी लिखकर हस्ताक्षर करने का विनम्र अनुरोध किया। मैं भी उसी विनम्रता से अनुरोध स्वीकार कर पास ही लगी कुरसी पर बैठकर अपने उद्गार लिखने लगा। मैंने अचानक पीछे मुड़कर देखा, प्रधानमंत्री उठकर मेरे बगल में खड़े हो गए थे। मैं उठा और खड़े-खड़े अपनी

प्रधानमंत्रीजी से विदा लेते हुए

टिप्पणी लिखने लगा, लेकिन प्रधानमंत्रीजी ने मेरी ओर देखकर मुझे कुरसी पर बिठाया और कहा कि यह हमारी परंपरा है कि मेहमान 'विजिटर बुक' में अपनी टिप्पणी बैठकर लिखें तो प्रधानमंत्री को खड़े होकर स्वागत करना होता है। मैं तो विस्मत हो गया था। श्रद्धा से मेरा माथा झुक गया। इस दौरान प्रधानमंत्री पूरे समय वहीं पास में खड़े रहे। अतिथि सम्मान की यह एक और अविस्मरणीय मिसाल थी।

बाहर आकर मैंने पुन: प्रधानमंत्रीजी से विदा होने की इजाजत माँगी। उन्होंने एक बार फिर उसी विनीत भाव से चिरपरिचित आत्मीय अंदाज में अगले दिन 'गंगा-तलाव' पर आयोजित राष्ट्रीय महोत्सव में पधारकर उनका आतिथ्य स्वीकार करने का निवेदन कर हमें विदा कर दिया।

'गंगा-तलाव' पर अगले दिन महाशिवरात्रि महोत्सव का राष्ट्रीय कार्यक्रम आयोजित किया जाना था। महामहिम राष्ट्रपतिजी द्वारा मुझे इसी कार्यक्रम में 'राजकीय अतिथि' के रूप में आमंत्रित किया गया था। पर स्नेहवश प्रधानमंत्री डॉ. नवीनचंद्र रामगुलामजी ने अपनी ओर से भी जिस तरह निमंत्रण दोहराया, वह मुझे अंदर तक छू गया। यहाँ से निकलने के बाद हम लोग राष्ट्रपति भवन 'द स्टेट हाउस' की ओर रवाना हो गए।

□

महामहिम से भेंट : सहज आत्मीयता के दर्शन

'द स्टेट हाउस' की भव्यता देखकर मॉरीशस की संपन्नता का खुद ही अंदाजा हो जाता है। 'द स्टेट हाउस' देश के राष्ट्रपति का सरकारी आवास है। यही कोई दो सौ एकड़ में फैले इस परिसर की छटा देखते ही बनती है। बिलकुल हमारे राष्ट्रपति भवन स्थित 'मुगल गार्डन' की तर्ज पर यहाँ भी रंग-बिरंगे फूलों से लकदक इंद्रधनुषी आभावाला बाग मन को हर लेता है। हम ज्यों ही द स्टेट हाउस पहुँचे, वहाँ अधिकारीगण पहले से ही हमारी प्रतीक्षा में खड़े थे।

महामहिम राष्ट्रपति सर अनिरुद्ध जगन्नाथ अपनी पत्नी श्रीमती सरोजनीजी

राष्ट्रपति भवन में सहज आत्मीयता के दर्शन

जगन्नाथ को लेकर दरवाजे पर आ गए। स्वागत के साथ ही उन्होंने मुझे उत्तराखंड के मुख्य सेवक की जिम्मेदारी मिलने पर बड़े भाई सरीखा आत्मीय-आशीर्वाद दिया और फिर एक-एक कर अपने सभी परिवारीजन एवं विशेष रूप से बुलाए गए मेहमानों से परिचय कराया।

श्रीमती जगन्नाथ की आत्मीयता देखने लायक थी, वह जिस भाव से और जिस सहजता से मिलीं, उसने हमें उनके और भी निकट ला दिया। महामहिम के साथ मेरी मुलाकात एक घंटे से भी अधिक चली। यह उनसे मेरी दूसरी मुलाकात थी। पूर्व में मेरी मुलाकात उनके भारत आगमन पर देहरादून में हुई थी। यहाँ उनसे उत्तराखंड से लेकर संस्कृति, साहित्य, पर्यटन, गंगा की सफाई व शिक्षा व्यवस्था सहित भारत-मॉरीशस के संबंधों और व्यापारिक निवेश के साथ-साथ पारिवारिक बातचीत भी हुई थी। इसलिए भी मॉरीशस पहुँचने पर राष्ट्रपतिजी ने बेहद आत्मीय भाव से हमें मंत्रमुग्ध कर दिया।

'द स्टेट-हाउस' से हुई शुरुआत

बातचीत 'द स्टेट हाउस' से शुरू हुई तो उन्होंने बताया कि यह भवन पहले मॉरीशस के पूर्व गर्वनरों का आवास रहा, वर्तमान में यह मॉरीशस गणतंत्र के राष्ट्रपति

श्रीमती सरोजनी जगन्नाथ से मुलाकात

के आधिकारिक आवास में बदल गया, लगभग 240 एकड़ भूमि के मध्य बनाया गया यह एक विशाल महलनुमा भवन है। इसमें एक भव्य बगीचा भी है, जिसमें हजारों दुर्लभ प्रजातियों के जंगली और स्थानीय पुष्प हैं। इस बगीचे में आम आदमी भी आ सकता है, पर वर्ष में केवल एक बार। ठीक वैसे ही, जैसे भारत का राष्ट्रपति-भवन स्थित 'मुगल गार्डन'। वह भी वर्ष में एक बार आम आदमी के लिए खोला जाता है। उन्होंने बताया कि यहाँ पर सांस्कृतिक कार्यक्रम भी आयोजित किए जाते हैं। 'द स्टेट हाउस' एक प्रकार से मॉरीशस उपनिवेश के अतीत के प्रतीक के रूप में खड़ा है।

महामहिम राष्ट्रपतिजी ने ही मुझे बताया कि एक बार इसे चक्रवात ने काफी क्षति पहुँचाई थी, लेकिन इसे तत्काल ठीक करवा दिया गया। हाल ही में इसका जीर्णोद्धार भी कराया गया है। उन्होंने बताया कि सन् 1992 में मॉरीशस गणराज्य की स्थापना के पश्चात् 'द स्टेट हाउस' में राष्ट्रपति के रूप में पहली बार श्री वीरस्वामी रिंगाडू कार्यवाहक राष्ट्रपति (12 मार्च, 1992 से 30 जून, 1992) ने पदभार सँभाला, तत्पश्चात् श्री कासम उतीम (1 जुलाई, 1992 से 15 फरवरी 2002), श्री अंगडी चेहियार कार्यवाहक राष्ट्रपति (15 फरवरी, 2002 से 18

महामहिम राष्ट्रपति के साथ आत्मीय क्षण

राष्ट्रपति भवन में भी दिखी वही अनोखी परंपरा

फरवरी, 2002), श्री अरियांगा पिल्लै कार्यवाहक राष्ट्रपति (18 फरवरी, 2002 से 25 फरवरी, 2002) तथा कार्ल आफयन (25 फरवरी, 2002 से 1 अक्तूबर, 2003 तक) यहाँ रह चुके हैं, और 1 अक्तूबर, 2003 से अब तक वे खुद ही राष्ट्रपति के रूप में लगातार इस भवन में रहते आ रहे हैं।

अद्‌भुत आतिथ्य परंपरा

'द स्टेट हाउस' यानी राष्ट्रपति भवन में भी मुझे अतिथि-सत्कार की वही दिल छू लेनेवाली परंपरा देखने को मिली, जो प्रातः प्रधानमंत्री डॉ. नवीनचंद्र रामगुलाम के आवास पर मुझे अभिभूत कर गई थी। परंपरागत तौर पर यहाँ भी मुझसे 'विजिटर-बुक' में अपने अनुभव लिखने का अनुरोध किया गया। यहाँ भी जितनी देर मैं महामहिम राष्ट्रपतिजी के उस भव्य हॉल में रखी 'विजिटर-बुक' में अपने अनुभव लिखता रहा, राष्ट्रपति सर अनिरुद्ध जगन्नाथ मेरे बगल में शांत और बेहद आत्मीय भाव से खड़े रहे।

यह मॉरीशस में अतिथि सत्कार की आत्मीय झलक थी। औपचारिक आशल-कुशल के बाद वह बोले, 'सरकार अच्छी चल रही है न?' फिर राजनीतिक गतिविधियों से लेकर कुंभ पर चर्चा हुई। उत्तराखंड में सहयोग के लिए भी उन्होंने

खासी रुचि दिखाई। तत्पश्चात् मैंने उनसे मॉरीशस की लोकतांत्रिक प्रणाली के बारे में जिज्ञासा जताई, तो उन्होंने बताया कि मॉरीशस का संसदीय लोकतंत्र वास्तव में ब्रिटेन के मॉडल पर ही आधारित है। संविधान सन् 1968 में स्वाधीनता प्राप्ति के साथ ही लागू हो गया था। सन् 1992 में कुछ संशोधन करके मॉरीशस को पूर्ण गणतंत्रात्मक राष्ट्र घोषित कर दिया गया। उन्होंने बताया कि यहाँ भी संविधान के अंतर्गत विधायिका, प्रशासन तथा न्यायपालिका को पूर्णतः अलग शक्तियाँ दी गई हैं। लेकिन भारत की तरह अभी पत्रकारिता यहाँ उतनी विकसित और सशक्त नहीं है।

महामहिम ने यह भी बताया कि राष्ट्रपति यहाँ भी भारत की तर्ज पर राष्ट्रप्रमुख

मॉरीशस की यादगार भेंट करते महामहिम राष्ट्रपति

तथा सेनाओं का सर्वोच्च कमांडर होता है, साथ ही संसद् में सत्तारूढ़ दल के नेता के रूप में प्रधानमंत्री ही राष्ट्र की बागडोर सँभालता है। भारत की तरह यहाँ भी राष्ट्रपति ही संसद् को भंग करने की संस्तुति कर सकता है। इसी तरह राष्ट्रपति और प्रधानमंत्री का कार्यकाल भी पाँच वर्ष का होता है।

इस बेहद आत्मीय भेंट के बाद महामहिम ने हमें 'राजकीय भोज' पर आमंत्रित किया। हम लोग जब वहाँ भोजन के लिए निर्धारित कक्ष में पहुँचे, तो वहाँ भी मुझे वही सहज अतिथि-सत्कार की अविस्मरणीय परंपरा देखने को मिली।

महामहिम की उत्तराखंड यात्रा की अल्बम से ताजा हुई पुरानी यादें

स्वयं महामहिम राष्ट्रपति सर अनिरुद्ध जगन्नाथ और उनकी पत्नी श्रीमती सरोजनी जगन्नाथ भोज-कक्ष के द्वार पर खड़े होकर एक-एक अतिथि का स्वागत कर रहे थे। जब तक सारे अतिथि कक्ष में नहीं पहुँच गए, वे दोनों द्वार पर ही खड़े रहे।

भोज में मॉरीशस के अति विशिष्ट जन भी आमंत्रित थे। इनमें प्रधानमंत्रीजी के अतिरिक्त उप प्रधानमंत्री श्री अहमद रसीद, पर्यटन एवं विदेश संचार मंत्री श्री चार्ल्स गैटन जैवियर, वित्त एवं आर्थिक सशक्तीकरण मंत्री श्री रामकृष्ण सीतानन, लोक अवस्थापना, भूतल-परिवहन एवं जहाजरानी मंत्री श्री अनिल कुमार बच्चू, शिक्षा, संस्कृति एवं मानव संसाधन मंत्री डॉ. वसंत कुमार बनवारी, मॉरीशस में भारत के उच्चायुक्त श्री मधुसूदन गणपति सहित उच्चायोग के वरिष्ठ अधिकारीगण और अन्य विशिष्ट लोग शामिल थे।

भोज-कक्ष बहुत खूबसूरत और वास्तुकला का बेजोड़ नमूना है। प्रत्येक अतिथि के नाम की चिट कुरसी के आगे मेज पर रख दी गई थी। सभी लोग अपने-अपने निर्धारित स्थान पर बैठ गए। किसी राष्ट्राध्यक्ष के साथ इस आत्मीयता से भोजन का यह मेरा पहला अनुभव था।

भोज के दौरान भी बातचीत जारी रही। प्रधानमंत्री और राष्ट्रपति से इस दौरान

अत्यंत निकटता से बातचीत हुई। इससे मॉरीशस के और करीब आने तथा दोनों देशों के बीच भविष्य निर्माण का भी अच्छा माहौल तैयार हुआ।

अतिथियों को परोसे जानेवाले व्यंजनों की सूची उनके बैठने के नियत स्थान के सामने ही स्टैंड में लगी थी। मुझे यह देखकर आश्चर्यमिश्रित प्रसन्नता हुई कि

इस तरह महामहिम से ली विदाई

वहाँ तैयार व्यंजनों में विशुद्ध भारतीय व्यंजन भी शामिल थे। भोजन के दौरान वहाँ के विशिष्ट खानपान, परिवेश व संस्कृति पर भी चर्चा हुई। उत्तराखंड भी इसके केंद्र में रहा। अतिथियों के सम्मान में यह भोज भी मेरे लिए यादगार बन गया।

भोजन के पश्चात् फोटो सेशन हुआ। इसमें महामहिम राष्ट्रपति, उनकी धर्मपत्नी, प्रधानमंत्री और मंत्रिमंडल के सदस्य भी शामिल हुए। इसके पश्चात् हम लोगों ने औपचारिक विदाई ली। हालाँकि इसके तुरंत बाद ही हम सभी लोगों को पुनः दूसरे कार्यक्रम में मिलना था। फिर भी महामहिम राष्ट्रपति, प्रधानमंत्री और उनके सहयोगियों ने हमें गर्मजोशी के साथ औपचारिक विदाई दी।

□

एम.जी.आई. : हमारी साझी विरासत

इस तरह मॉरीशस यात्रा के पहले दिन ही महामहिम राष्ट्रपति से भेंट और सम्मान-भोज के तुरंत बाद मॉरीशस स्थित महात्मा गांधी इंस्टीट्यूट के दर्शन मेरे लिए सुखद शुरुआत थी। महात्मा गांधी संस्थान 'एम.जी.आई.' के नाम से यहाँ हर जुबान पर चढ़ा है।

यह संस्थान भारत और मॉरीशस की अटूट मैत्री के साथ-साथ भारतीय संस्कृति, साहित्य, धर्म-दर्शन और राष्ट्रीयता के प्रति मॉरीशसवासियों के गहरे लगाव का प्रतीक है।

यहाँ इसी संस्थान के सभागार में एक सादा, लेकिन गरिमामयी समारोह में विशिष्ट लोगों की उपस्थिति के बीच माँ गंगा और देवभूमि की सदानीरा नदियों पर लिखी गई मेरी पुस्तक 'धरती का स्वर्ग उत्तराखंड भाग 2 : स्पर्श गंगा' का विमोचन महामहिम राष्ट्रपति सर अनिरुद्ध जगन्नाथ द्वारा किया गया।

संयुक्त उपक्रम एम.जी.आई.

मॉरीशस मोका में स्थित यह महात्मा गांधी संस्थान सन् 1970 में भारत एवं मॉरीशस की सरकारों द्वारा संयुक्त उपक्रम के रूप में स्थापित किया गया। भारत की तत्कालीन प्रधानमंत्री श्रीमती इंदिरा गांधी द्वारा 3 जून, 1970 को इसकी आधारशिला रखी गई। बाद में इसका शुभारंभ भी उन्होंने ही तत्कालीन प्रधानमंत्री सर शिवसागर रामगुलाम के साथ संयुक्त रूप से किया।

इस संस्थान का उद्‌देश्य जहाँ भारतीय सांस्कृतिक, साहित्यिक एवं शैक्षिक परंपराओं का मॉरीशस के बहु-सांस्कृतिक परिप्रेक्ष्य में प्रचार-प्रसार करना है, वहीं

मॉरीशस स्थित महात्मा गांधी संस्थान की एक झलक

बहुमुखी प्रगति हेतु अकादमिक और सांस्कृतिक आधार भी प्रदान करना है। भारत के उच्चायुक्त इस संस्थान की परिषद् के पदेन उपाध्यक्ष होते हैं, जबकि मॉरीशस सरकार द्वारा नामित कोई व्यक्ति संस्थान का अध्यक्ष होता है।

महात्मा गांधी संस्थान (MGI) की एक और बड़ी जिम्मेदारी भारत से मॉरीशस आनेवालों का रिकॉर्ड रखनेवाले अभिलेखागार का रख-रखाव करना भी है। इस अभिलेखागार में सन् 1834 से मॉरीशस आए हर भारतीय 'गिरमिटिया' मजदूर का

भारत स्थित राजघाट की याद दिलाता मॉरीशस का गांधी संस्थान

दीप प्रज्वलन के साथ हुआ कार्यक्रम का शुभारंभ

सही और प्रामाणिक रिकॉर्ड मौजूद है। यह सूचना 'भारतीय मूल के व्यक्ति' (परसन ऑफ इंडियन ऑरिजन, PIO) का कॉर्ड जारी करने में एक प्रामाणिक दस्तावेज के तौर पर प्रयुक्त की जाती है।

इसे चलाने में भारत सरकार की भी आर्थिक मदद रहती है। यह मदद बतौर अनुदान रहती है। इसके लिए मैसूर में केंद्रीय भारतीय भाषा संस्थान है। इसके माध्यम से नियमिंत अनुदान की व्यवस्था है। यह संस्थान महात्मा गांधी संस्थान से सीधे संपर्क में रहता है। एम.जी.आई. के साथ भाषा संस्थान का पक्का करार है, ताकि इन गतिविधियों का संचालन सुचारु रूप से चलता रहे।

सांस्कृतिक सेतु की अनुपम पहल

यहाँ यह बात उल्लेखनीय है कि महात्मा गांधी संस्थान ने भारतीय अध्ययन, विशेषकर भारतीय भाषाओं, दर्शन और संस्कृति को मॉरीशस की शिक्षा की मुख्य धारा में ला दिया है। द स्कूल ऑफ मॉरीशस, एशियन ऐंड अफ्रीकन स्टडीज, फोकलोर म्यूजियम, फाइन आर्ट्स बिल्डिंग, गांधियन बेसिक स्कूल फॉर क्रॉफ्ट्स लर्निंग और एक समृद्ध पुस्तकालय की शैक्षणिक सुविधाओं के माध्यम से इस

महात्मा गांधी संस्थान में

संस्थान ने दोनों देशों की संस्कृतियों को पास लाने हेतु एक सेतु का काम किया है और साथ ही दोनों देशों के बीच आपसी-समझ को भी बढ़ाया है।

यही नहीं, प्रत्येक वर्ष 2 अक्तूबर को गांधीजी के जन्मदिवस के अवसर पर इस संस्थान में एक गांधी-स्मृति व्याख्यान का आयोजन भी किया जाता है, जिसमें दुनिया भर से भारतवंशी प्रतिनिधि भाग लेते हैं।

हिंदी का वैश्विक प्रचारक

हिंदी के प्रति मॉरीशस का समर्पण और समर्थन इसी तथ्य से उजागर हो जाता है कि अगस्त 1999 में 'विश्व हिंदी सचिवालय' की स्थापना इसी महात्मा गांधी संस्थान में की गई। इस सचिवालय का उद्देश्य हिंदी को संयुक्त राष्ट्र संघ की भाषा के रूप में मान्यता दिलाकर विश्व स्तर पर अंतरराष्ट्रीय भाषा के रूप में सम्मानित एवं स्थापित करना है।

निश्चय ही मॉरीशस और भारत सरकार द्वारा महात्मा गांधी संस्थान में स्थापित यह विश्व हिंदी सचिवालय करोड़ों दिलों की धड़कन हमारी हिंदी के वर्चस्व को

महात्मा गांधी संस्थान में संबोधन के दौरान

पूरे विश्व में स्थापित करेगा। मेरी इस यात्रा के दौरान मुझे 'विश्व हिंदी सचिवालय' की प्रथम सचिव डॉ. अरुण बाला, कथासम्राट् श्री अभिमन्यु अनत एवं श्री राजेंद्र अरुण जैसे कई रचनाकारों से मिलने का भी सौभाग्य मिला। इन महानुभावों का हिंदी के प्रति अपार प्रेम और समर्पण देखकर मुझे बेहद गर्व का अनुभव हुआ।

मैं आपको एक बार फिर से स्मरण करा दूँ कि मेरी पुस्तक 'धरती का स्वर्ग उत्तराखंड भाग 1 : नंदा देवी राजजात' का विमोचन भी महामहिम सर अनिरुद्ध जगन्नाथ के ही करकमलों द्वारा किया गया। यह आयोजन दिसंबर 2008 में देहरादून, उत्तराखंड के ए.एम.एन. घोष ऑडिटोरियम में किया गया था। यह संयोग ही था कि एक बार फिर वे इसी शृंखला की अगली पुस्तक 'स्पर्श गंगा' का विमोचन करने जा रहे थे।

महात्मा गांधी संस्थान में हमारे पहुँचने से पूर्व ही मॉरीशस के उप उच्चायुक्त प्रशांत पिझे, महात्मा गांधी संस्थान के अध्यक्ष श्री रवींद्रनाथ द्वारका, उच्चायुक्त श्री गणपति के निजी सचिव श्री राजेश, भारतीय उच्चायोग के अधिकारी श्री जयप्रकाश कर्दम सहित अनेक प्रबुद्धजन, कवि, साहित्यकार, अधिकारीगण तथा

'स्पर्श गंगा' पुस्तक का विमोचन करते महामहिम राष्ट्रपति, साथ में मॉरीशस के संस्कृति मंत्री तथा महात्मा गांधी संस्थान के निदेशक

अन्य गण्यमान्य जन वहाँ पहुँच चुके थे। यही नहीं, जब हम लोग यहाँ पहुँचे, तो ये सब लोग संस्थान के मुख्य दरवाजे पर आ खड़े हुए। यहाँ के अतिथि सम्मान की यही खासियत है। यह परिपाटी औपचारिक नहीं, बल्कि यहाँ के खून में रच-बस गई है। और फिर जब तक हम बैठ नहीं गए, उन्होंने भी आसन ग्रहण नहीं किया।

कार्यक्रम शुरू हो इससे पूर्व मंच संचालक ने सर्वप्रथम उपस्थित जन समूह से मेरा परिचय कराया।

महामहिम का हिंदी संबोधन

इस अवसर पर महामहिम राष्ट्रपति का भाषण बड़ा सारगर्भित और आत्मीयता भरा रहा। खास तौर से उनका सम्मान भरा उद्‌बोधन और पूरा भाषण हिंदी में बोलना मेरे अंतर्मन को छू गया। साथ ही उत्तराखंड, भारतभूमि और माँ गंगा के प्रति उनके उद्‌गार और लगाव मैं कभी भूल नहीं सकता। मैं उस सम्मान को भी नहीं भूल सकता, जो उन्होंने मेरी पुस्तक 'स्पर्श गंगा' के विमोचन अवसर को

मॉरीशस में महाशिवरात्रि और 'गंगा तलाव' की तीर्थयात्रा के पावन अवसर पर अपने उद्‌गारों के माध्यम से प्रकट किया। हिंदी में उनका भाषण उनकी विनम्रता, शिष्टाचार और हिंदी भाषा पर पकड़ के साथ-साथ उनके हिंदी और भारत के प्रति अटूट लगाव का भी परिचायक है।

महामहिम के इस हिंदी भाषण के साथ-साथ मैं उन लोगों का भी कायल हो गया, जिन्होंने 25 मिनट से अधिक चले इस भाषण को एकाग्रचित्त होकर सुना और उनकी एक-एक बात को सम्मान दिया।

प्रख्यात महात्मा गांधी संस्थान में संपन्न 'स्पर्श गंगा' विमोचन के पश्चात् मैंने अपने संबोधन में महामहिम राष्ट्रपतिजी का हार्दिक आभार व्यक्त करते हुए अपनी पुस्तक के विमोचन हेतु धन्यवाद ज्ञापित किया। इस स्वागत-समारोह में मॉरीशस के प्रधानमंत्री एवं शिक्षा मंत्री के साथ-साथ तमाम साहित्यकार, पत्रकार भी सम्मिलित हुए। इस अवसर पर दोनों लोगों ने 'स्पर्श गंगा' मिशन में सहयोग की भी घोषणा की।

प्रधानमंत्री डॉ. नवीन रामगुलाम ने जहाँ 'गंगा सफाई अभियान' की मुक्तकंठ से सराहना की, वहीं मॉरीशस की ओर से यथासंभव सहयोग की बात भी कही। इस दौरान उन्होंने 'गंगा तलाव से गंगोत्री तक मैत्री कार्यक्रम' की भी घोषणा की। उन्होंने अपने संबोधन में स्पर्श गंगा अभियान को एक महत्त्वपूर्ण पहल बताते हुए कहा कि प्रतिवर्ष मॉरीशस में गंगा पर एक राष्ट्रव्यापी प्रतियोगिता का आयोजन किया जाएगा, जिसमें देश के 15 उत्कृष्ट छात्र-छात्राओं का चयन करके उन्हें 'गंगा सफाई अभियान' में सक्रिय भूमिका निभाने हेतु भारत भेजा जाएगा। मॉरीशस के प्रधानमंत्री द्वारा की गई इस घोषणा का महामहिम राष्ट्रपति ने तालियाँ बजाकर समर्थन किया।

मॉरीशस पाठ्यक्रम में 'स्पर्श गंगा'

'स्पर्श गंगा' के विमोचन कार्यक्रम में मॉरीशस के शिक्षा एवं संस्कृति मंत्री डॉ. बसंत कुमार बनवारी ने अपने संबोधन में कहा कि मॉरीशसवासियों की पवित्र गंगा में अगाध आस्था एवं श्रद्धा है। जब भी कोई मॉरीशसवासी भारत जाता है, तो गंगा-स्नान करके जरूर आता है। कई लोग तो गंगाजल भी लेकर आते हैं।

धरती का स्वर्ग उत्तराखंड–भाग दो : स्पर्श गंगा

इसी प्रबल आस्था और श्रद्धा के फलस्वरूप हमने मॉरीशस के नैसर्गिक 'परी तलाव' में भारतभूमि से लाया गया गंगा का जल अर्पित करके इसे 'गंगा तलाव' नाम दिया है और इस तरह मॉरीशस में भी गंगा का अस्तित्व मान लिया है। यह इस राष्ट्र की गंगा के प्रति आस्था और अपार श्रद्धा का प्रतीक है। डॉ. बनवारी ने गंगा और उसकी सहायक नदियों पर लिखी गई पुस्तक 'स्पर्श गंगा' को मॉरीशस के स्कूली पाठ्यक्रम में शामिल किए जाने की घोषणा की। अब तक शाम के चार बज चुके थे। यानी भारतीय समय के अनुसार दोपहर के ढाई बजे। जलपान कर हमने महामहिम राष्ट्रपति व अन्य गण्यमान्य जनों से विदाई ली।

□

दिवस ढला : कुछ फुरसत के पल

महात्मा गांधी संस्थान में 'स्पर्श गंगा' के विमोचन समारोह के पश्चात् महामहिम राष्ट्रपति एवं प्रधानमंत्री को विदा करने के साथ ही हमारा काफिला होटल 'ली विक्टोरिया' की ओर निकल पड़ा। यहाँ मॉरीशस सरकार ने हमारे ठहरने की व्यवस्था की थी। एम.जी.आई. से निकलते ही एक बार फिर हम बारिश की रिमझिम-रिमझिम फुहारों में घिर गए। मुझे बताया गया कि मॉरीशस में हर दिन दो से लेकर चार बार तक बारिश होती है। इसी वजह से यहाँ का मौसम बड़ा सुहावना बना रहता है। यहाँ न अधिक गरमी होती है और न अधिक सर्दी। इसीलिए

मॉरीशस की एक मनोहरी झलक

वर्ष भर यहाँ पर्यटकों का आना-जाना लगा रहता है। उनके लिए यहाँ कोई विशेष ऋतु या फिर कोई निश्चित मौसम जैसी मजबूरी नहीं है।

रोजाना बारिश यहाँ सामान्य बात है, इसलिए इसका यहाँ की दिनचर्या पर कोई ज्यादा असर नहीं पड़ता। यहाँ तक कि भीग जाने पर भी सर्दी-जुकाम या फिर बुखार आदि का भी अंदेशा नहीं रहता। हम बारिश की फुहारों के बीच ही होटल की ओर चल दिए।

मॉरीशस के उपनगर पाउंटे पिमेंट में स्थित है होटल ली विक्टोरिया कई एकड़ भूमि में समुद्र के किनारे बनाया गया एक विशाल और भव्य होटल है। अन्य होटल भी इसी तर्ज पर बने हैं। इनमें पर्यटकों के लिए सारी जरूरी सुविधाएँ और मनोरंजन के साधन उपलब्ध हैं। पर सब कुछ संस्कारित, मर्यादित और पारिवारिक। होटल में पहुँचते ही होटल मैनेजर श्री रॉथर ग्रॉस द्वारा हमारा स्वागत किया गया। पोर्टल डिपार्टमेंट के कर्मियों द्वारा हमें हमारे कक्षों में पहुँचाया गया। यहाँ हमारे लिए छह कक्ष आरक्षित किए गए थे।

भारत से मॉरीशस तक की इस लंबी हवाईयात्रा और फिर लगातार तीन

मॉरीशस के आलीशान होटल ली विक्टोरिया का एक दृश्य

कार्यक्रमों में भागीदारी से सभी लोग थक गए थे।

मैंने कमरे में आकर स्नान किया और चाय पीकर तरोताजा हो गया। आज के लिए अब हमारा अन्य कोई भी कार्यक्रम निर्धारित नहीं था। सो मन हुआ कि बाकी बचे समय का सदुपयोग मैं समुद्रतट पर बच्चों के साथ टहलकर करूँ, किंतु हवाईयात्रा और अन्य कार्यक्रमों के कारण वे बहुत ज्यादा थक गए थे, इसलिए मैंने जोर भी नहीं दिया। लेकिन मेरे लिए आराम करने का तो सवाल ही नहीं था। मेरे लिए तो यह दुर्लभ मौका था। इसलिए इसका एक भी पल मैं गँवाना नहीं चाहता था।

मेरे सामने अब अपने उत्तराखंड राज्य के हालात और दिन भर के घटनाक्रम जानने के लिए अच्छा समय था। मैंने एक-एक कर देहरादून में अपने मुख्य सचिव, प्रमुख सचिव, निजी सचिव, विशेष कार्याधिकारी और पी.आर.ओ. को फोन करना शुरू किया और राज्य की सामाजिक, सांस्कृतिक और राजनैतिक परिस्थितियों की जानकारी प्राप्त की। इस दौरान मेरी सबसे बड़ी चिंता प्रदेश में राज्य कर्मचारियों द्वारा अनिश्चितकालीन हड़ताल थी। हालाँकि अपनी मॉरीशस

आर्य महासभा और हिंदू टैंपल कमेटी के सदस्यों के साथ

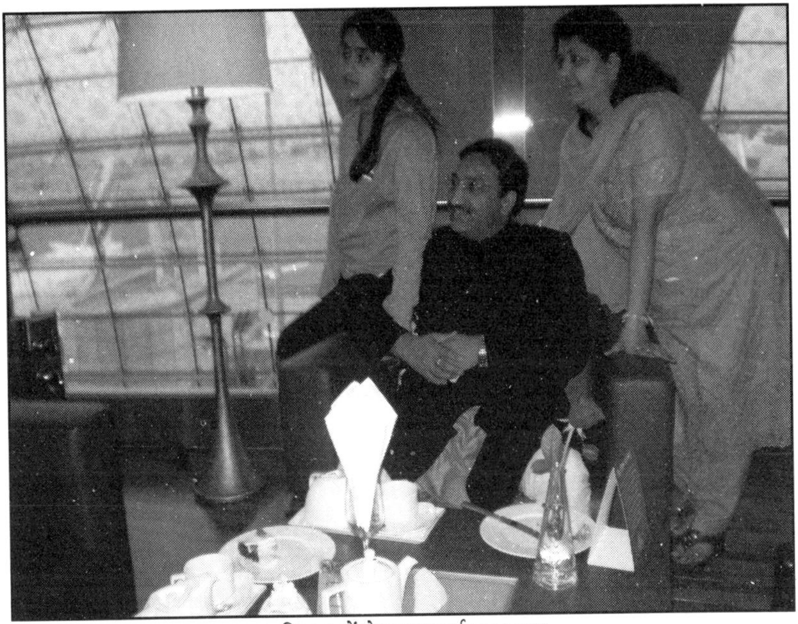

परिवारजनों के साथ फुर्सत का क्षण

यात्रा से पूर्व कर्मचारियों की वैधानिक और न्यायसंगत माँगों को पूरा करने का मैंने आश्वासन दिया था और उन बिंदुओं पर अपने मुख्य सचिव को शासनादेश जारी करने का आदेश भी दे दिया था; लेकिन मुझे अवगत कराया गया कि इस सबके बावजूद राज्य-कर्मचारी हड़ताल समाप्त करने को सहमत नहीं हुए हैं। मैंने यहीं पर निर्णय लिया कि यदि तमाम आग्रहों और आश्वासनों के लिए निर्णयों के बाद भी हड़ताल खत्म नहीं होती तो अखबरों में विज्ञप्ति जारी कर कठोर कार्यवाही सुनिश्चित की जानी चाहिए और रात से ही कार्यवाही शुरू भी हो गई।

डायरी मेरा जुनून

प्रदेश के पूरे घटनाक्रम की जानकारी के पश्चात् मैंने अपनी दैनंदिनी निकाली और आज की दिनचर्या लिखनी शुरू कर दी।

अपनी दिनचर्या लिखने का कार्य मैं पिछले पच्चीस वर्षों से लगातार करता आ रहा हूँ। बिलकुल नित्य कर्म की तरह। आज मैं बिना भोजन के एक-दो दिन रह सकता हूँ, लेकिन बगैर डायरी लिखे कदापि नहीं। अपने व्यस्त राजनैतिक जीवन में

मैंने आज के दिन क्या-क्या किया और कल की मेरी प्राथमिकताएँ क्या हैं? यह सब मेरी निजी डायरी की सामग्री होती है। साथ ही थकान मिटाने का जरिया भी।

डायरी लिखने की मेरी यह आदत बहुत पुरानी है। तब से ही, जब से मैं अध्यापन के क्षेत्र में आया। हालाँकि तब इतनी व्यस्तता नहीं हुआ करती थी। मुझे यह याद रहता था कि मैंने किस-किस तिथि को क्या-क्या किया और किस-किस से मिला।

समय प्रबंधन अनिवार्य

राजनीति में आने के पश्चात् मेरी व्यस्तताएँ काफी बढ़ गई हैं। व्यस्तताओं के साथ ही मैंने अपने समय प्रबंधन को भी उसी अनुसार ढाल लिया है, ताकि सभी चीजों के लिए थोड़ा-थोड़ा समय निकालूँ, लेकिन निकालूँ जरूर। मैं तो कहता हूँ कि अगर आप समय के अच्छे प्रबंधक हैं, तो समझ लीजिए आधा मैदान आपने यहीं मार लिया। यद्यपि यह कार्य मेरे लिए बहुत मुश्किल है, मैं अपने प्रति भी काफी लापरवाह हूँ।

अविभाजित उत्तर प्रदेश में विधायक रहने से लेकर पर्वतीय विकास मंत्री, संस्कृति मंत्री और अब पृथक् उत्तराखंड राज्य में पहले वित्त मंत्री तथा वर्तमान सरकार में स्वास्थ्य मंत्री और फिर मुख्य मंत्रित्वकाल में मेरी व्यस्तताएँ भी बढ़ती चली गईं, लेकिन इस व्यस्तता में भी मैंने लिखना-पढ़ना नहीं छोड़ा। यही वजह है कि डायरी लिखने का मेरा यह क्रम आज तक नहीं टूटा है। मैं फुरसत के क्षणों में या फिर सारे काम निपटाने के बाद रात्रि में पढ़ने-लिखने के बाद यह काम करता हूँ, इसीलिए पिछले 15-16 वर्षों में मैंने किसी भी रात पाँच घंटे से अधिक नींद कभी भी नहीं ली।

इधर मुख्यमंत्री बनने के पश्चात् तो मैंने अपनी नींद का एक घंटा कम करते हुए केवल चार घंटे सोना निश्चित किया है। दिन भर के व्यस्त कार्यक्रमों के बाद यह याद रख पाना मुश्किल ही रहता है कि मैं किससे और किस तिथि में मिला था। सो इसमें मेरी निजी डायरी बहुत मदद करती है। हाँ, एक बात यहाँ महत्त्वपूर्ण है कि व्यस्त रहने के बावजूद मैंने साहित्य-सृजन के लिए हमेशा अपने समय को सुरक्षित रखा है। देर रात को या फिर जब भी समय मिले, मैं कुछ-न-कुछ लिखता

ही रहता हूँ।

आज लिखने के लिए बहुत कुछ था। मैं इसमें इतना तल्लीन हो गया कि मुझे और कुछ खबर ही नहीं रही। अचानक ध्यान आया तो सहयोगियों का हालचाल पूछने के लिए मैंने कॉलबेल बजाई। पलक झपकते ही सुरक्षा अधिकारी मेरे सामने था। मैंने उससे अपने साथियों के बारे में पूछा, तो पता चला, सब लोग होटल से लगे हुए समुद्र तट की ओर गए हैं।

यह सुनते ही मुझे स्मरण हो आया, क्योंकि समुद्र तट पर जाने से पूर्व उन लोगों ने मुझसे भी वहाँ चलने का आग्रह किया था, परंतु मैंने ही मना कर दिया था, क्योंकि मेरे लिए डायरी लिखना ज्यादा आवश्यक था।

डायरी निपटाने के बाद मैंने मॉरीशस यात्रा-वृत्तांत लिखना शुरू कर दिया।

रात्रि आठ बजे मेरे कमरे की घंटी बजी। दरवाजा खोला, तो सारा स्टाफ मेरे सामने था। सबको बिठाकर मैंने दिन भर के कार्यक्रमों की समीक्षा की। हर ओर से संतुष्ट हो जाने के बाद अगले दिन के प्रस्तावित कार्यक्रमों के बारे में मैंने उनसे विचार-विमर्श किया। एक-एक कर उन्हें दायित्व भी सौंपे। अब रात्रिभोज का समय हो चला था। साथवालों ने नीचे रेस्तराँ में चलने का आग्रह किया, पर मैंने अपने व बच्चों के लिए सादा खाना कमरे में ही भिजवाने को कह दिया।

मेरे पास आज बच्चों के साथ बात करने का पर्याप्त समय था, किंतु बच्चे हवाई यात्रा और दिन भर की भागमभाग के कारण बहुत ही थके हुए थे। वे लेट गए। अपने समय का सदुपयोग करने के लिए मैं लेखन में लग गया। मॉरीशस-यात्रा की पृष्ठभूमि तो मैं भोजन से पूर्व ही लिख चुका था। अब इसे आगे बढ़ाने हेतु मैंने यात्रा विवरण लिखना प्रारंभ कर दिया। अचानक मन हुआ कि पहले उन पुरखों को अपने श्रद्धा-सुमन अर्पित कर दूँ, जो हमारे आज के लिए अपना कल कुरबान कर गए। दो शब्द इस कुरबानी के नाम—

'शताब्दियों की पीड़ा
और गुलामी की जंजीरों में कैद
पुरखों की आँखों के आँसू
आज देख तो नहीं सका
लेकिन अनुभव जरूर कर रहा हूँ।

आजादी के लिए—
अपनी साँसों के साथ-साथ
हर आशा कुरबान की थी तुमने,
आज मैं—
केवल शब्दों के सुमन
अर्पित करके
दे रहा हूँ
तुम्हें श्रद्धांजलि!
इतनी शक्ति देना हमें
कि हम सँभाल सकें
आजादी की इस धरोहर को,
जिसे पाया था तुमने
सर्वस्व देकर
खुद को भी बलिवेदी पर चढ़ाकर।'

लिखते-लिखते कब आँखों से अश्रुधार बह निकली, पता ही नहीं चला। मैं बहुत भावुक हो गया था। मैंने लिखना बंद कर दिया।

मॉरीशस में सूर्योदय की अनुपम छटा

समुद्र में खेलती उगते सूरज की स्वर्णिम आभा

रोज की तरह सुबह पाँच बजे आँख खुल गई। मैंने हमेशा से ही नित्यकर्म से निवृत्त होकर प्रभु स्मरण के लिए भी थोड़ा समय निश्चित कर रखा है। फिर कुछ समय योग और ध्यान के लिए भी देता आया हूँ। ठीक साढ़े छह बजे दरवाजे की घंटी बजी। मैंने दरवाजा खोला, तो होटलकर्मी चाय की ट्रे लिये खड़ा था। चाय पीते-पीते आज के निर्धारित कार्यक्रम देखने के बाद मैं फिर कुछ लिखने लगा। कुछ देर बाद ही मुझे सूचना दी गई कि 9 बजे मॉरीशस के राष्ट्रपिता डॉ. शिवसागर रामगुलाम के समाधि-स्थल पर श्रद्धा-सुमन से दिन के कार्यक्रम आरंभ हैं। तत्पश्चात् 'गोपियो' (भारतीय मूल के लोगों के अंतरराष्ट्रीय संगठन) के सम्मेलन में मुझे मुख्य अतिथि के रूप में प्रतिभाग करना है। यह मॉरीशस के व्यवसायियों व उद्योगपतियों द्वारा आयोजित किया गया था। उन्होंने ही दोपहर का भोज भी आयोजित किया था। इसके बाद उत्तराखंड में निवेश के इच्छुक व्यवसायियों से पृथक्-पृथक् मुलाकात निर्धारित की गई थी और फिर पी.आई.ओ. कम्युनिटी के कार्यक्रम को संबोधित करना था। इस कार्यक्रम के बाद मॉरीशस के शिक्षा एवं संस्कृति मंत्री, पर्यटन मंत्री, उद्योग एवं कृषि मंत्री तथा स्वास्थ्य मंत्री के साथ ही

उप प्रधानमंत्री के साथ भेंट का कार्यक्रम भी रखा गया था।

मॉरीशस के मंत्रीगणों से भेंट के पश्चात् अंतिम कार्यक्रम 'गंगा तलाव' पर आयोजित 'शिवरात्रि महोत्सव' का था, उसमें मैं मुख्य अतिथि के रूप में आमंत्रित था। मैंने हर कार्यक्रम के लिए अपने को तैयार कर लिया। तुरंत ही नाश्ते के लिए बुलावा आ गया। मेरी प्रतीक्षा में किसी भी सदस्य ने अब तक सुबह का नाश्ता नहीं किया था। इसलिए मैं भी बच्चों के साथ होटल के रेस्तराँ में आ गया और हम सभी ने एक साथ नाश्ता किया। नाश्ते के दौरान ही कई बिंदुओं पर चर्चा भी हो गई। साथ ही कार्यक्रमों के लिए गृहकार्य भी। मंत्रणा में ही कब नाश्ता निपट गया, पता ही नहीं चला। □

मॉरीशस के राष्ट्रपिता सर शिवसागर रामगुलाम

मॉरीशस का राष्ट्रपति भवन

गवर्नमेंट हाउस, मॉरीशस

मॉरीशस के पोर्ट लुइस शहर का हवाई चित्र

पोर्ट लुइस शहर का विहंगम दृश्य

पोर्ट लुइस थियेटर का एक दुर्लभ चित्र

मॉरीशस के गंगा तलाव का हवाई चित्र

मॉरीशस का एक भव्य हिंदू मंदिर

महाशिवरात्रि पर्व पर भगवान् शिव की शोभायात्रा निकालते श्रद्धालु

मॉरीशस में 'रामायण' रेस्टोरेंट व स्पा

मोका हिल्स, मॉरीशस

सूर्यास्त की रोशनी में नहाया हुआ पोर्ट लुइस शहर

मॉरीशस में लहराते गन्ने के खेत

'राजघाट' याद आ गया : राष्ट्रपति को श्रद्धांजलि

दिन की शुरुआत सुखद रही। भारी वर्षा के बीच हमने होटल ली विक्टोरिया से पैंपल माउसेस बॉटेनिकल गार्डन तक का सफर शुरू किया। साफ-सुंदर सड़कों से नगर के बीच से गुजरते हुए हम लोग लगभग 20 मिनट में मॉरीशस के निर्माता और राष्ट्रपिता डॉ. शिवसागर रामगुलाम की समाधि पर पहुँचे।

भारी वर्षा के बावजूद राष्ट्रपिता के समाधि-स्थल पर मॉरीशस के उप प्रधानमंत्री श्री रामा सीतानन और संस्कृति तथा शिक्षा मंत्री डॉ. बसंत कुमार बनवारी सहित अनेक राजनीतिज्ञ तथा अधिकारीगण हमारी अगवानी के लिए खड़े दखाई दिए।

मॉरीशस का पैंपल माउसेस गार्डन : राष्ट्रपिता का समाधि-स्थल

हम लोग जैसे ही कार से शामियाने के पास उतरे, तो छाता लिये हुए वहाँ के अधिकारीगण हमारे सामने आ खड़े हुए और हमारे सिर के ऊपर छाता करते हुए हमें शामियाने के अंदर तक ले गए। यहाँ उप प्रधानमंत्री श्री अहमद रसीद तथा मॉरीशस में भारत के उच्चायुक्त श्री गणपति एवं उनकी निजी सचिव श्रीमती पी.सी. लक्ष्मी व अन्य लोगों ने हमारा औपचारिक स्वागत किया। वर्षा के कारण मुझे और प्रतिनिधिमंडल के सदस्यों को हुई असुविधा के लिए जब उन्होंने खेद व्यक्त किया, तो सच मानिए, मेरा मन उनकी इस महानता पर कृतज्ञता से भर उठा।

मौसम पर तो किसी का वश नहीं चलता, लेकिन फिर भी वे लोग हमारी असुविधा हेतु खेद व्यक्त कर रहे थे, यह उनकी विनम्रता और अतिथि-सम्मान का परिचायक था, जो हमें उनका मुरीद बना गया।

नमन महामानव को

शामियाने से निकलकर मैंने 10 मीटर दूरी पर स्थित मॉरीशस के राष्ट्रपिता डॉ. शिवसागर रामगुलाम की समाधि पर पुष्प अर्पित किए और उनका स्मरण करते हुए अपनी विनम्र श्रद्धांजलि अर्पित की। मुझे इस दौरान राष्ट्रपिता महात्मा गांधी

श्रद्धासुमन : राष्ट्रपिता स्व. डॉ. रामगुलाम की समाधि

राष्ट्रपिता सर रामगुलाम का भावपूर्ण स्मरण

का समाधि-स्थल राजघाट याद हो आया।

यह समाधि-स्थल कलात्मक काले पत्थरों की एक अच्छी कृति है। समाधि-स्थल के दर्शन करते ही राष्ट्रपिता महात्मा गांधी की प्रेरणा से अंग्रेजी-साम्राज्यवाद से लोहा लेकर मॉरीशस को स्वतंत्रता दिलाने वाले डॉ. शिवसागर रामगुलाम के प्रति अनंत श्रद्धा का भाव हृदय में अपने आप ही उमड़ आता है। मैं कुछ देर चुपचाप आँख बंद कर उस महापुरुष को अंतस्थ में सँजोने लगा।

श्रद्धांजलि अर्पित करने के पश्चात् हम लोग कुछ ही दूरी पर स्थित एक भवन में गए, जहाँ पर राष्ट्रपिता के जीवन से संदर्भित चित्रों का महत्त्वपूर्ण संग्रहालय है। यहीं पर हमारे लिए अल्प जलपान की व्यवस्था भी की गई थी।

उसी दौरान मुझे शिक्षा और संस्कृति मंत्री द्वारा उस समाधि-स्थल के बारे में कई महत्त्वपूर्ण जानकारियाँ दी गईं, जिन्हें मैं अपने जिज्ञासु पाठकों तक पहुँचाना आवश्यक समझता हूँ।

यह गार्डन मॉरीशस की राजधानी पोर्ट लुईस के उत्तर-पूर्व में, शहर से लगभग 7 मील दूर, 'पैंपल माउसेस' के ग्रामीण क्षेत्र में स्थित है। डॉ. बसंत ने बताया कि

पैंपल माउसेस गार्डन में खिला श्वेत कमल

इस गाँव का नाम 'साइयूस' पौधे की एक किस्म, जिसे स्थानीय भाषा में 'पैंपल मौसियर' (अंगूर फल) कहा जाता है, के नाम पर पड़ा होगा।

पैंपलमॉसियर : इसी के नाम पर पड़ा पैंपल माउसेस गार्डन का नाम

इस गार्डन का नामकरण मॉरीशस के राष्ट्रपिता और प्रथम प्रधानमंत्री सर शिवसागर रामगुलाम के नाम पर 17 सितंबर, 1988 को किया गया। इसी बगीचे में उनकी समाधि भी बनाई गई है।

मुझे बताया गया कि सर शिवसागर वनस्पति उद्यान का उद्‌गम मॉरीशस के प्रथम और प्रसिद्ध फ्रांसीसी गवर्नर में से एक प्रंक्तकोइस माहे डी लेबर डोनायस से हुआ है। इस द्वीप को 'आइले डी फ्रॉस' कहा जाता था।

सन् 1735 में गवर्नर लेबरडोनायस ने अपने आवास के बगलवर्न में वर्तमान मुख्य प्रवेश द्वार के बाईं ओर एक बगीचा लगवाया था। सन् 1739 में फ्रंसीसी ईस्ट इंडिया कंपनी ने इस बगीचे को अपने कब्जे में ले लिया था और इसके तुरंत बाद एक सिल्कवॉर्म इंडस्ट्री स्थापित करने के लिए पूरी एस्टेट में मलवरी यानी शहतूत के वृक्ष लगा दिए गए थे।

दर्शनीय है पैंपल माउसेस

डॉ. बसंत कुमार ने बताया कि इस उद्यान में पौधों की लगभग 500 प्रजातियाँ हैं, जिनमें से 80 पाम/ताड़ और 40 मॉरीशस द्वीप की स्थानीय किस्में हैं। इनमें से कुछ प्रजातियों का निरीक्षण 'ऑरिजिन ऑफ स्पेशीज' के महान् लेखक वैज्ञानिक चार्ल्स डार्विन द्वारा भी किया गया, जो विश्व की अपनी समुद्री यात्रा के दौरान 29 अप्रैल, 1936 को एम.एम.एस. बीगल पर मॉरीशस पहुँचे थे। यह उद्यान बड़े-बड़े लहराते पत्तोंवाली 'वाटर लिली' के लिए पूरे विश्व में प्रसिद्ध है। वाटर लिली की तीन प्रजातियाँ हैं, जिनमें सफेद, गुलाबी और नीले फूल लगते हैं। इसके साथ ही, इसमें अमेजन की वह विशाल वाटर लिली भी है, जो उभरे हुए अपने विशालकाय पत्तों के लिए विशेष रूप से जानी जाती है।

मुझे बताया गया कि भारत के अनेक राजनेता अब तक इस उद्यान में बनी डॉ. सर शिवसागर रामगुलाम की समाधि पर पुष्प अर्पित कर चुके हैं और उन सभी ने इस उद्यान का भ्रमण भी किया। भारत की तत्कालीन प्रधानमंत्री श्रीमती इंदिरा गांधी (जून 1970), प्रधानमंत्री राजीव गांधी (जुलाई 1986), श्रीमती सोनिया गांधी (अप्रैल 1995), प्रधानमंत्री डॉ. मनमोहन सिंह (मार्च 2005) और राष्ट्रपति ए.पी.जे. अब्दुल कलाम (मार्च 2006), तत्कालीन प्रधानमंत्री श्री अटल बिहारी

पैंपल माउसेस गार्डन का एक खूबसूरत दृश्य

वाजपेयी, श्री लालकृष्ण आडवाणी तथा तत्कालीन भारत सरकार के केंद्रीय मंत्री डॉ. मुरली मनोहर जोशी आदि भारतीय हस्तियों ने तो यहाँ पौधे भी लगाए हैं। मैंने भी इस समृद्ध परंपरा को आगे बढ़ाते हुए पौधे लगाने का पुण्य अर्जित किया।

मॉरीशस में सांस्कृतिक संस्थान

शिक्षा और संस्कृति मंत्रीजी ने बताया कि मॉरीशस रंगबिरंगी संस्कृति का देश है। इन संस्कृतियों के संरक्षण एवं संवर्द्धन के लिए यहाँ पर कई सांस्कृतिक संस्थान स्थापित हैं। जो मुझे बताया गया, पाठकों के संज्ञान के लिए मैं उसका संक्षिप्त विवरण यहाँ पर दे रहा हूँ।

इसलामिक सांस्कृतिक केंद्र

मॉरीशस सरकार द्वारा देश में रह रहे सभी समुदायों के सांस्कृतिक मूल्यों के संरक्षण के उद्देश्य से सांस्कृतिक केंद्र खोले गए हैं। इन्हीं में से एक है इस्लामिक सांस्कृतिक केंद्र। इसकी स्थापना अगस्त 1987 में की गई थी। इसके माध्यम से मॉरीशस में मुसलिम समुदाय की धार्मिक एवं सांस्कृतिक विरासत को सहेजा गया है।

मॉरीशसीय सांस्कृतिक केंद्र ट्रस्ट

इस ट्रस्ट का गठन 2001 में किया गया। मॉरीशस की सांस्कृतिक विरासत तथा मॉरीशस की लोककला के संरक्षण एवं प्रचार-प्रसार के उद्देश्य से इसका गठन किया गया है। इसका संचालन मॉरीशस के कला एवं संस्कृति मंत्रालय द्वारा किया जाता है। इसके तहत मॉरीशस की लोक कलाओं, सांस्कृतिक गतिविधियों, रीति-रिवाज, परंपराओं को संरक्षण एवं संवर्द्धन प्रदान किया जाता है।

इंदिरा गांधी भारतीय सांस्कृतिक केंद्र

यह केंद्र मॉरीशस में भारतीय उच्चायोग की सांस्कृतिक शाखा के रूप में कार्य करता है। इस केंद्र की स्थापना 1987 में की गई थी। इसके नए भवन का उद्घाटन 2002 में तत्कालीन भारतीय प्रधानमंत्री श्री अटल बिहारी वाजपेयीजी तथा डॉ.

नवीनचंद्र रामगुलामजी ने किया था। यह मॉरीशस के फीनिक्स शहर में स्थित है। इसके भवन के अंदर लगभग 670 सीट का विशाल ऑडिटोरियम है, जहाँ विभिन्न अवसरों भर भारतीय संस्कृति की छटा देखने को मिलती है।

मॉरीशस का तमिल सांस्कृतिक केंद्र ट्रस्ट

तमिल सांस्कृतिक केंद्र ट्रस्ट की स्थापना 2001 में की गई, जो कला एवं संस्कृति मंत्रालय के अधीन संचालित है। इस ट्रस्ट का मुख्य उद्देश्य देश में रह रहे तमिल समुदाय के लोगों की संस्कृति एवं सभ्यता को सँजोए रखना है। इसके लिए यहाँ विभिन्न अवसरों पर व्याख्यान, सेमिनार, प्रशिक्षण-कार्यशालाएँ व प्रदर्शनियाँ आयोजित की जाती हैं। वर्तमान में यह केंद्र भारत की तमिल वर्चुल यूनिवर्सिटी के सहयोग से इंटरनेट पर तमिल भाषा में कई पाठ्यक्रम संचालित कर रहा है।

मॉरीशसीय एवं तुलनात्मक सांस्कृतिक अध्ययन केंद्र

यह केंद्र महात्मा गांधी संस्थान के अधीन संचालित किया जाता है। इसमें मॉरीशस, एशिया तथा अफ्रीका के सांस्कृतिक, साहित्यिक एवं ऐतिहासिक पहलुओं का अध्ययन किया जाता है। यहाँ किए गए शोध से प्राप्त होने वाली नई अवधारणाओं एवं खोजों को एम.जी.आई. के प्रकाशन विभाग तथा देश के अन्य प्रतिष्ठित प्रकाशकों के माध्यम से प्रकाशित कराया जाता है। इन शोधों के आधार पर आधुनिक पाठ्यक्रमों तथा स्नातक स्तर पर कला, भाषा एवं संस्कृति संबंधी पाठ्यक्रमों को तैयार किया जाता है। जिससे मॉरीशस एवं समानांतर देशों के सामाजिक एवं सांस्कृतिक संवर्द्धन को बल मिलता है।

विश्व हिंदी सचिवालय

सर्वप्रथम 1975 में नागपुर में आयोजित विश्व हिंदी सम्मेलन में अपने देश के प्रतिनिधिमंडल का नेतृत्व करते हुए मॉरीशस के राष्ट्रपिता तथा प्रथम प्रधानमंत्री सर शिवसागर रामगुलाम ने मॉरीशस में विश्व हिंदी सचिवालय की स्थापना का प्रस्ताव रखा था। बाद के हिंदी सम्मेलनों में भी इस प्रस्ताव का स्वागत किया गया। तत्पश्चात् 20 अगस्त, 1999 को भारतीय उच्चायुक्त श्री एम.एल. त्रिपाठी तथा

मॉरीशस के तत्कालीन शिक्षा मंत्री रामास्वामी चिदंबरम पिल्लै के मध्य विश्व हिंदी सचिवालय से संबंधित एम.ओ.यू. साइन किया गया।

विश्व हिंदी सचिवालय का शिलान्यास भारत के तत्कालीन मानव संसाधन मंत्री डॉ. मुरली मनोहर जोशी ने अपनी 2001 की मॉरीशस यात्रा के दौरान किया।

रामायण केंद्र

मॉरीशस में रामायण केंद्र की स्थापना हेतु वर्ष 2001 में विधेयक संख्या 7 ध्वनि मत से पारित किया गया था। यह भी विश्व इतिहास में पहली बार हुआ जब किसी देश की संसद् ने राम के आदर्शों को आगे बढ़ाने के लिए वैधानिक मंजूरी दी हो। मॉरीशस के जाने-माने लेखक-पत्रकार राजेंद्र अरुण को रामायण केंद्र का अध्यक्ष नियुक्त किया गया। इससे पहले इस विधेयक को संसद् तक लाने में राजेंद्र अरुण की महत्त्वपूर्ण भूमिका रही।

रामायण सेंटर वर्तमान में मॉरीशस में रामकथा के आदर्शों का प्रचार कर रहा है और रामायण पर विशिष्ट शोध की सुविधाएँ भी दे रहा है। 12 लाख आबादी वाले मॉरीशस में रामायण सभी धर्मों के लोगों में लोकप्रिय है। रामायण सेंटर यहाँ पर धार्मिक संस्था के साथ-साथ एक अध्ययन केंद्र के रूप में भी काम कर रहा है।

महानायक की दुर्लभ यादें

मॉरीशस की महिला अधिकारियों ने इस दौरान मेरी पत्नी और पुत्रियों से खूब घुल-मिलकर बातें कीं तथा मॉरीशस के बारे में उनकी राय पूछी। यह सब उनकी आत्मीयता व स्नेह को दरशा रहा था। जलपान के पश्चात् शिक्षामंत्री ने स्व. डॉ. शिवसागर रामगुलाम के चित्रों का संग्रहालय देखने का आग्रह किया, तो मैं इसे अपना सौभाग्य मानते हुए सहर्ष तैयार हो गया। यह संग्रहालय इसी परिसर में है।

यह एक विशाल हॉल है, जिसमें राष्ट्रपिता के बचपन से लेकर अवसान तक के अनेक चित्र बड़े-बड़े फ्रेमों के सहारे दीवारों पर सँजोए गए हैं।

सुंदर और सौम्य दिखने वाले डॉ. शिवसागर रामगुलामजी के विलक्षण व्यक्तित्व का अंदाजा उनके चित्रों को देखकर आसानी से लगाया जा सकता है। शिक्षा मंत्री

डॉ. शिवसागर रामगुलाम की दुर्लभ यादें

उनके एक-एक चित्र के साथ मुझे उनकी जीवनी के बारे में बताते चल रहे थे।

इन्हीं में एक दुर्लभ चित्र 1938 का था, जब डॉ. रामगुलामजी ने राजनीतिक जीवन में पहला कदम रखा। वह तत्कालीन भारतीय सांसदों, राजनेताओं, कास्तकार व मजदूर नेताओं के प्रतिनिधिमंडल के साथ गर्वनर से मिल रहे हैं। एक चित्र 1940 का था, जब वह पहली बार मनोनीत हुए। इसी साल वह पोर्ट लुई म्युनिसिपल के काउंसलर भी चुने गए।

1941 का वह अविस्मरणीय चित्र भी था, जब वह सुशील रामजुरावनजी के साथ दांपत्य सूत्र में बँधे। उनकी दो संतानों डॉ. नवीन चंद रामगुलाम वर्तमान प्रधानमंत्री और बिटिया सुनीता के बचपन के दुर्लभ चित्र भी हैं। एक चित्र 1961 का उनकी अगुवाई में आजादी की माँग को लेकर विलायत गए प्रतिनिधिमंडल का भी था।

इन्हीं में से एक 1964 का वह ऐतिहासिक पल सहेजे फोटो भी था, जिसमें विलायत से लौटते हुए हवाई अड्डे पर उनकी अगवानी को उमड़ा विशाल जनसमुदाय दिख रहा था। एक चित्र में वह देश की आजादी के पावन अवसर पर पोर्ट लुई

राष्ट्रपिता की याद में बने संग्रहालय में लगे चित्रों का अवलोकन

राष्ट्रपिता के ऐतिहासिक सफर का सिंहावलोकन

के शांदे मार्स मैदान में चौरंगा झंडा फहराते हुए दिख रहे हैं।

शिक्षा मंत्री ने बताया कि डॉ. रामगुलाम ने 'एडवांस' दैनिक का प्रकाशन भी किया, जो भारतवंशियों का एक राजनीतिक मुखपत्र बना। इसी की याद दिलाता 1941 का एक वह दुर्लभ चित्र भी था, जो गवाह है, कैसे इसके दबाव में तत्कालीन सरकार को मजबूर होकर भारतीय भाषाओं की पढ़ाई बरकरार रखने की घोषणा करनी पड़ी। इसी तरह तमाम दुर्लभ व ऐतिहासिक अवसरों की याद ताजा करते चित्र देखकर मैं धन्य हो गया।

दुर्लभ जीवंत दस्तावेज

मुझे बताया गया कि राष्ट्रपिता डॉ. शिवसागरजी सन् 1935 में अपनी पढ़ाई पूरी कर स्वदेश लौटते ही सामाजिक और राजनैतिक गतिविधियों में सक्रिय हो गए। यह दस्तावेज उस समय से लेकर आजादी तक के संघर्षपूर्ण दौर एवं फिर अब तक के प्रत्यक्ष गवाह हैं। इन्हीं दुर्लभ दस्तावेजों को समेटे है यह ऐतिहासिक

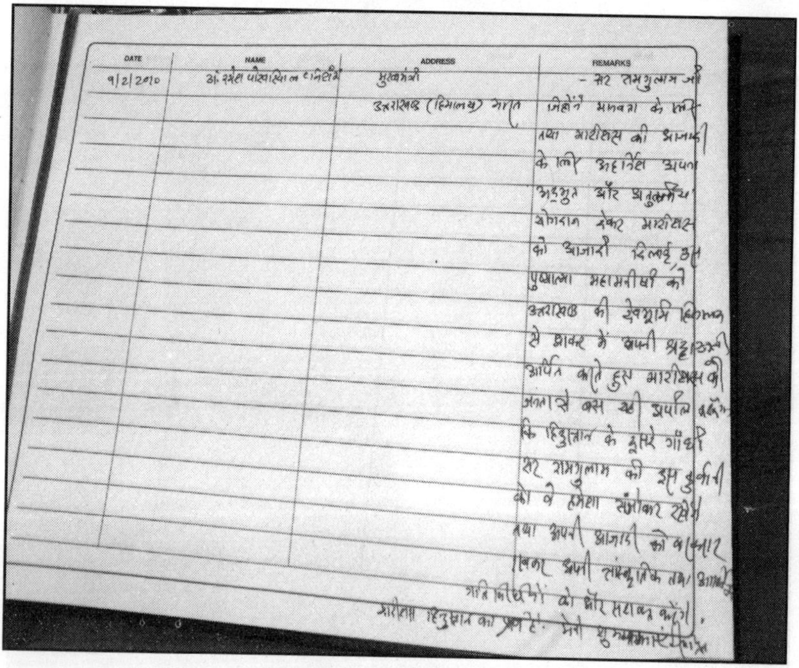

DATE	NAME	ADDRESS	REMARKS
9/2/2010	डॉ. रमेश पोखरियाल 'निशंक'	मुख्यमंत्री उत्तराखंड (हिमालय) भारत	- सर रामगुलाम जी जिन्होंने मानवता के लिए तथा मॉरीशस की आजादी के लिए अहर्निश अपना अद्भुत और अतुलनीय योगदान देकर मॉरीशस को आजादी दिलाई, उस पुण्यात्मा महामनीषी को उत्तराखंड की देवभूमि हिमालय से आकर मैं अपनी श्रद्धांजलि अर्पित करते हुए मॉरीशस की जनता से बस यही अपेक्षा करूँगा कि हिंदुस्तान के दूसरे गांधी सर रामगुलाम की इस कुर्बानी को वे हमेशा संजोकर रखें तथा अपनी आजादी को बरकरार रखकर अपनी सांस्कृतिक तथा आर्थिक गतिविधियों को और मजबूत करेंगे। मॉरीशस हिंदुस्तान का प्राण है। मेरी शुभकामनाएँ [illegible]

'विजिटर बुक' में मेरे उद्गार

संग्रहालय। यही नहीं, इसमें 12 मार्च, 1968 के आजादी के दिन का जश्न व देश के पहले प्रधानमंत्री का पदभार ग्रहण करने के गौरवशाली क्षण भी सहेजकर रखे गए हैं। इसके अलावा डॉ. शिवसागरजी ने चौदह वर्षों तक प्रधानमंत्री के रूप में देश को जो कुशल नेतृत्व दिया, और दो वर्ष के गवर्नर जनरल के कार्यकाल के महत्त्वपूर्ण अवसरों की अविस्मरणीय यादें भी इन्हीं बहुमूल्य संकलनों में संचित हैं। 15 दिसंबर, 1985 को इस महान् विश्वप्रसिद्ध नेता का निधन हो गया। इसका दाहकर्म संस्कार पैंपल माउसेस में उद्यान में ही किया गया। इसलिए वहीं पर उनकी समाधि बनाई गई।

इस मॉरीशसीय महामानव का संपूर्ण जीवनवृत्त जानने के बाद मेरा हृदय उनके प्रति श्रद्धा से भर गया। घोर संघर्ष व अभावों में भी वह न टूटे और न झुके। मॉरीशस की आजादी के लिए उन्होंने अपना सबकुछ न्योछावर कर दिया। इस महापुरुष के नाम को सार्थक करती महामानव को श्रद्धांजलि स्वरूप हैं मेरी ये पंक्तियाँ—

संग्रहालय की विजिटर पुस्तिका में भावाभिव्यक्ति

'तुम सचमुच 'शिव' थे राष्ट्रपिता,
सचमुच ही दिल 'सागर' सम था।
मानवता को जो दिया तुमने,
अमृत से वह क्या कुछ कम था।'

वहीं एक टेबिल पर रखी 'विजिटर बुक' में भी मैंने उनके प्रति दिल की गहराइयों से अपनी श्रद्धा उड़ेल दी और पूर्व में निभाई गई परंपरा का निर्वाह करते हुए दो मंत्री श्री रामा सीतानन और श्री बसंत कुमार बनवारी मेरे दाईं और बाईं ओर खड़े रहे।

□

गोपियो सम्मेलन : निवेश का आमंत्रण

राष्ट्रपिता डॉ. शिवसागर रामगुलाम को भावभीनी श्रद्धांजलि अर्पित कर हमने समाधि-स्थल पर आए सब लोगों से विदाई ली। यहाँ से हम होटल शेरेटन फोर प्वॉइंट' की ओर चल दिए, जहाँ 'गोपियो' (ग्लोबल ऑर्गनाइजेशन ऑफ पीपल ऑफ इंडियन ऑरिजिन) यानी भारतीय मूल के लोगों के अंतरराष्ट्रीय संगठन के सम्मेलन में मुझे मुख्य अतिथि के रूप में सहभागिता करनी थी। दरअसल महाशिवरात्रि पर्व पर महामहिम राष्ट्रपति के आमंत्रण के अलावा मुझे गोपियो द्वारा भी अपने इस सम्मेलन के लिए आमंत्रित किया गया था।

गोपियो सम्मेलन में उप प्रधानमंत्री, मंत्रीगण एवं गोपियो अध्यक्ष के साथ

होटल 'शेरेटन फोर प्वॉइंट' की भव्य इमारत

गोपियो का यह सम्मेलन सारे भारतवंशियों को एक सूत्र में बाँधने और समृद्धि के नए सोपान तय करने की दृष्टि से तो महत्त्वपूर्ण था ही, उत्तराखंड के परिप्रेक्ष्य में भी बहुत अहम था। मॉरीशस आमंत्रण में गोपियो का भी जिक्र होने पर जब मेरी इसके लिए जिज्ञासा बढ़ी, तो मुझे पहली बार ज्ञात हुआ कि 'गोपियो' दुनिया भर में फैले समृद्ध भारतवंशियों का अंतरराष्ट्रीय संगठन है। इसमें बड़े-बड़े उद्योगपति हैं। साथ में विभिन्न क्षेत्रों की नामी हस्तियाँ भी। मॉरीशस यात्रा की प्राथमिकताओं में मैंने अपनी एक और प्राथमिकता शामिल कर ली। यह प्राथमिकता थी, राज्य और राज्य की जनता के कल्याणार्थ उन्हें यहाँ से जोड़ने की, यहाँ निवेश करवाने की। मैंने मन बना लिया कि मैं इन उद्यमियों को उत्तराखंड में निवेश के लिए तैयार करवाकर रहूँगा।

इसलिए मैं बहुत उत्सुक था। मुझे इस प्रतिष्ठित अंतरराष्ट्रीय संगठन के अपने भारतीय मूल के उद्योगपतियों, व्यवसायियों, डॉक्टरों व इंजीनियरों से मिलने का सौभाग्य मिल रहा था, मेरी उत्कंठा उनके इस सफल जीवन के बारे में जानने की थी। जहाँ-जहाँ वह भारतीय पताका फहरा रहे हैं, वहाँ के बारे में भी जानने की थी। आज विश्व के कई देशों में गोपियो की शाखाएँ हैं। परदेस में भगीरथ

दुनिया भर के भारतवंशी उद्यमियों का कुंभ

प्रयत्न से भारत का परचम फहरानेवाले इन भारतवंशियों को मैं नमन करना चाहता था, उनका दिली आभार जताना चाहता था।

गोपियो का आत्मीयता भरा यह स्मृति-चिह्न

वह दुर्लभ समागम

दुनिया भर के सफल भारतवंशियों को एक साथ देखना और उनसे मिलना मेरे लिए महाकुंभ जैसा ही सुखद और रोमांचकारी था। यह ऐतिहासिक और दुर्लभ मौका बार-बार नहीं आता। यह उनसे बहुत कुछ जानने-समझने के अलावा गौरवान्वित होने की बात थी। आखिर यह अपने-अपने क्षेत्र में भारतीयता का डंका बजा रहे हैं। विश्वगुरु रहे भारत को एक बार फिर से दुनिया में स्थापित करने में लगे हैं। मैं इन विभूतियों को देवभूमि उत्तराखंड के भी करीब लाना चाहता था, ताकि हमारा राज्य और यहाँ के लोग भी उनसे लाभान्वित हो सकें। पर्यटन, तीर्थाटन, ऊर्जा, शिक्षा-स्वास्थ्य एवं जड़ी-बूटी उत्पादन सहित अनेक क्षेत्रों में निवेश की मुझे प्रबल संभावना दिख रही थी। बस जरूरत इस बात की थी कि इन प्रवासी भारतीय उद्यमियों को यह मर्म समझाकर निवेश के लिए उन्हें तैयार कर सकें। साथ ही उनसे भी जान सकें कि वे हमें कैसे सहयोग कर सकते हैं। यह वाकई एक स्वर्णिम अवसर था। इस सम्मेलन में भाग ले रहे 400 से अधिक उद्यमियों के सामने मुझे अपनी बात रखने का मौका मिल रहा था। होटल शेरेटन फोर प्वॉइंट बंदरगाह से

मंचासीन अतिथियों को गंगाजलि एवं रुद्राक्ष माला प्रदान करते हुए

लगे हुए इलाके साइवर सिटी में स्थित में है। यह क्षेत्र मॉरीशस का प्रमुख व्यापारिक और वाणिज्यिक क्षेत्र है।

होटल के मुख्य द्वार पर ही मॉरीशस के उप प्रधानमंत्री श्री रामा सीतानन, उद्योगमंत्री श्री धर्मवीर गोकुल, विदेश मंत्री श्री अरविंद बुलेल, भारत में मॉरीशस के उच्चायुक्त श्री एम. चुन्नी, मॉरीशस में भारत के उच्चायुक्त श्री मधुसूदन गणपति और गोपियो के अध्यक्ष श्री महेंद्र उत्चान सहित अन्य उद्योगपति और व्यवसायी हमारी अगवानी के लिए खड़े थे।

आत्मीय सम्मान

'गोपियो' सम्मेलन की अध्यक्षता मॉरीशस के उप प्रधानमंत्री श्री अहमद रशीद ने की और अपने अध्यक्षीय भाषण में उन्होंने बड़े गर्व से कहा, 'भारत-मॉरीशस के संबंध शुरू से ही मैत्रीपूर्ण रहे हैं। भारतवासियों द्वारा ही मॉरीशस के इस अत्यंत दुर्गम द्वीप को अपनी लगन और परिश्रम से हरा-भरा तथा विकसित किया गया है। भारत-मॉरीशस के आर्थिक संबंध भी एक-दूसरे को हमेशा से मजबूती प्रदान करते आ रहे हैं। भविष्य में हमारे पारस्परिक संबंधों को और अधिक मजबूती मिलेगी।'

देवभूमि में निवेश के लिए आह्वान

मॉरीशस सरकार के उद्योग मंत्री श्री गोकुल ने मॉरीशस की धरती पर हम लोगों के आगमन को न केवल भारत–मॉरीशस, अपितु उत्तराखंड और मॉरीशस के रिश्ते को और अधिक प्रगाढ़ होने का कारण बताया। उन्होंने कहा कि असल में मॉरीशस भारत का ही एक लघु रूप है और वे आज भी अपने देश को 'लघु भारत' कहने में गर्व का अनुभव करते हैं। उन्होंने कहा कि सामाजिक–सांस्कृतिक और आर्थिक दृष्टि से उत्तराखंड और मॉरीशस में बहुत सी समानताएँ हैं, अतः जो औद्योगिक संभावनाएँ यहाँ मॉरीशस में विद्यमान हैं, उसी तरह की पूरी संभावनाएँ और भी व्यापक रूप से उत्तराखंड में विद्यमान हैं, जिस कारण यहाँ के उद्योग–जगत् की उत्तराखंड में रुचि होना सहज ही है।

'गोपियो' के अध्यक्ष श्री उत्चान ने अपने संबोधन में उत्तराखंड के प्रति बड़ी उत्सुकता दिखाई। उन्होंने कहा, 'उत्तराखंड के मुख्यमंत्री को गोपियो के इस सम्मेलन में आमंत्रित करने के पीछे उनकी मंशा उत्तराखंड के बारे में बहुत कुछ जानने और समझने की थी। इसने भारत–मॉरीशस और खासतौर से उत्तराखंड–मॉरीशस के रिश्तों को एक नया आयाम देने की महत्त्वपूर्ण पहल की है, साथ ही गोपियो का गौरव

उद्यमियों से विचारों का खूब आदान-प्रदान भी हुआ

गोपियो सदस्यों के संग भोजन की मेज पर

बढ़ाया है। इससे यहाँ के भारतवंशी एक साथ एक स्थान पर एकत्रित हुए हैं।' जिसके लिए उन्होंने हमारा आभार व्यक्त किया।

तत्पश्चात् अपने संबोधन में मैंने उत्तराखंड की ऐतिहासिक, सामाजिक, आर्थिक और सांस्कृतिक विरासत पर प्रकाश डाला।

अध्यात्म, आयुर्वेद, पर्यटन से लेकर धार्मिक स्थलों की उन्हें जानकारी दी। उन्हें बताया कि हमारी जीवनदायिनी जड़ी-बूटियों से मृतप्राय प्राणी में जान फूँकने की भी सामर्थ्य है। यहाँ पर्यटन से लेकर तीर्थाटन, आयुर्वेद सहित तमाम अन्य अनेक क्षेत्रों में निवेश की व्यापक संभावनाएँ हैं। साथ ही मैंने उन्हें आमंत्रण दिया कि वे पुरुषार्थ की इस धरती पर आएँ और अपना पुरुषार्थ दिखलाएँ। मैंने सभी उद्यमियों को उत्तराखंड में आने और यहाँ चल रहे 'महाकुंभ' में पधारने का न्योता भी दिया।

वह भावुक पल

मंच से नीचे उतरते ही सभी लोगों ने मुझे घेर लिया। यह परदेस में अपनी

मातृभूमि के प्रति स्वतः उमड़ पड़ा प्यार था। उन लोगों के लिए मॉरीशस जन्मभूमि जरूर है, पर असली मातृभूमि तो भारत ही है। मैं उनकी इसी मातृभमि से आया था। उनकी गर्मजोशी और आत्मीयता में यह भावना खुद ही छलक रही थी। यह अनुभव मेरे लिए सचमुच अविस्मरणीय बन गया। मैं भावुक हो उठा।

सम्मेलन के पश्चात् मॉरीशस चैंबर्स ऑफ कॉमर्स द्वारा दोपहर के भोजन का आयोजन भी यहीं किया गया था। सो सुसज्जित कक्ष में सलीके से लगाई गई गोल-गोल मेजों पर सभी सदस्यों के साथ हमने भोजन किया। होटल शेरेटन फोर प्वॉइंट से अब हमें सीधा होटल निकलना था और दो घंटे के पश्चात् पुनः गंगा तलाव पर आयोजित शिवरात्रि महोत्सव के लिए जाना था।

हम सभी गोपियो सदस्यों से विदाई लेकर बाहर निकले तो उद्यान मंत्री श्री गोकुल ने पास में ही स्थित साइबर टावर देख लेने का भी अनुरोध किया। हमारे पास दो घंटे का समय शेष था। सो मैंने उनके आग्रह पर इस समय का सदुपयोग कर लेना उचित समझा।

□

साइबर टावर : भारत-मॉरीशस समृद्धि का द्वार

साइबर टावर की ओर जाते हुए उद्योग मंत्रीजी ने मुझे बताया कि मॉरीशस की आर्थिक समृद्धि में सर्वाधिक योगदान साइबर टावर का ही है। साइबर टावर अत्याधुनिक तकनीक से सुसज्जित एक बहुमंजिला इमारत है। इसे मॉरीशस की अर्थव्यवस्था की नींव के रूप में भी देखा जाता है।

सूचना और संचार प्रौद्योगिकी के क्षेत्र में भारत और मॉरीशस के बीच साझेदारी की नींव मार्च 2000 में तत्कालीन प्रधानमंत्री सर अनिरुद्ध जगन्नाथ की भारत यात्रा के दौरान तब पड़ी थी, जब भारत सरकार ने मॉरीशस में सूचना एवं संचार प्रौद्योगिकी की आधारभूत संरचना स्थापित करने में भारत द्वारा मदद किए जाने के अनुरोध को मान लिया था। इससे दोनों देशों के संबंधों को और मजबूती मिली। भारत सरकार ने मॉरीशस को एक 'साइबर टॉवर' की स्थापना करने और सूचना प्रौद्योगिकी से संबंधित उच्च शिक्षा को बढ़ावा देने के लिए 100 मिलियन अमरीकी डॉलर की धनराशि (10 करोड़ अमरीकी डॉलर) बतौर कर्ज देने की घोषणा की थी और इस महत्त्वपूर्ण कर्ज समझौते पर 4 मई, 2001 को नई दिल्ली में हस्ताक्षर किए गए थे।

भारतीय प्रधानमंत्री ने किया शुभारंभ

मॉरीशस सरकार ने मॉरीशस में सूचना-संचार सेक्टर के विकास के समन्वयन के लिए एक बॉडी-बिजनेस पार्क्स ऑफ मॉरीशस लिमिटेड की स्थापना की है। भारत के एक वरिष्ठ अधिकारी को मॉरीशस सरकार की मदद के लिए मॉरीशस के प्रधानमंत्री के सूचना-संचार सलाहकार और बी.पी.एम.एल. के मुख्य कार्यकारी

अधिकारी यानी सर्वेसर्वा के तौर पर तैनात किया गया। सॉफ्टवेयर टेक्नोलॉजी पार्क्स ऑफ इंडिया को कंसल्टेंट के तौर पर नियुक्त किया गया। भारत की दो कंपनियों मै. लार्सन एंड टूब्रो और शापूरजी पल्लनजी को संयुक्त टेंडर मिलने के पश्चात् ईबीन में साइबर सिटी के निर्माण की तैयारियाँ सितंबर 2002 में प्रारंभ हुईं। भारतीय कंपनियों द्वारा इस भव्य 'साइबर टॉवर' का निर्माण 18 महीने के रिकॉर्ड समय में पूरा कर लिया गया। मॉरीशस के इस साइबर टॉवर का उद्घाटन भारत गणतंत्र के प्रधानमंत्री डॉ. मनमोहन सिंह द्वारा अप्रैल 2005 में किया गया था।

मॉरीशस का वर्तमान नेतृत्व इस साइबर टॉवर को मॉरीशस की अर्थव्यवस्था का सबसे सुंदर और बेशकीमती गहना मानता है, जो सूचना-संचार को मॉरीशस की अर्थव्यवस्था का पाँचवाँ स्तंभ बनाने के लिए एक महत्त्वपूर्ण इंजन का कार्य करेगा। वास्तव में यह 'साइबर टॉवर' केंद्रीकृत कंप्यूटर प्रबंधन व्यवस्था से युक्त पहला बेहद अत्याधुनिक 'इंटेलीजेंट' भवन है। केंद्रीकृत कंप्यूटर प्रबंधन व्यवस्था के माध्यम से भवन के सभी महत्त्वपूर्ण कार्यों, जैसे—वातानुकूलन, सुरक्षा, पहुँच, एलीवेटर्स, अग्निशमन उपकरण और इलेक्ट्रिकल इंस्टालेशंस आदि को नियंत्रण में

मॉरीशस स्थित साइबर टॉवर

रखा जाता है। कई भारतीय कंपनियों, जैसे—इंफोसिस, हिंदुजा, टी.एम.टी., इत्यादि ने 'साइबर टॉवर' में ऑपरेशंस स्थापित किए हैं। इस 'साइबर टॉवर' ईबीन को सन् 2005 में 'द इंटेलीजेंट कम्यूनिटी फोरम यू.एस.ए.' का प्रतिष्ठित 'इंटेलीजेंट बिल्डिंग ऑफ द ईयर' का पुरस्कार प्राप्त हुआ है।

यहाँ हमारे प्रतिनिधि मंडल का स्वागत साइबर टॉवर के मुख्य अधिकारी विवेक कुमार ने किया। गोपियो के अध्यक्ष श्री उत्चान तथा मॉरीशस के उद्योग मंत्री साइबर टॉवर भ्रमण के दौरान मेरे साथ रहे और मुझे लगातार मॉरीशस और भारत की अटूट मैत्री के प्रतीक इस साइबर टॉवर का भ्रमण कराकर बारीकी से वहाँ की गतिविधियों और प्रबंधन-व्यवस्था की जानकारियाँ देते रहे।

□

गंगा तलाव : भारत के बाहर 'कुंभ'

मॉरीशस की आर्थिक समृद्धि एवं भारत–मॉरीशस मैत्री के प्रतीक साइबर टॉवर को देखकर हम सब अपने होटल लौटे और यहाँ थोड़े विश्राम के बाद हमें प्रमुख कार्यक्रम महाशिवरात्रि के राष्ट्रीय पर्व में गंगा तलाव के समारोह में जाने की तैयारी करनी थी।

गंगा तलाव पर भगवान् शिव की विशाल प्रतिमा

शाम छह बजे हम गंगा तलाव के लिए चल दिए। यहीं महाशिवरात्रि पर्व मनाया जा रहा था, यह मॉरीशस का राष्ट्रीय पर्व है। इसी पर्व पर मुझे महामहिम राष्ट्रपति द्वारा आमंत्रित किया गया था। यह पर्व सरकारी सहयोग के साथ–साथ मॉरीशस की सनातन धर्म हिंदू महासभा ह्यूमन सर्विस ट्रस्ट, आर्य महासभा एवं अन्य संगठनों के सामूहिक प्रयासों से आयोजित

किया जाता है। यहीं हम लोगों के सम्मान में मॉरीशस के ह्यूमन सर्विस ट्रस्ट द्वारा विशेष भोज का आयोजन भी किया गया था।

मैं यहाँ लोगों की आस्था देखकर दंग रह गया। भारत से बाहर बिलकुल ही अलग परिवेश में, वह भी तब जबकि अपनी संस्कृति और परंपराओं को लेकर दमन हो रहा हो, इसके बावजूद छठी-सातवीं पीढ़ी तक अपनी इस विरासत को बचाए रखना असाधारण है। मैं सोचने लगा कि बहुजातीय एवं बहुभाषी इस 'लघु भारत' मॉरीशस में यही कोई पौने दो सौ साल पहले हमारे जो पूर्वज रोजगार का

शिवभक्तों द्वारा सजाई गई भगवान् शिव की सुंदर झाँकी

प्रलोभन देकर लाए गए थे, उनके जीने की सबसे बड़ी ताकत यह प्रबल आस्था और श्रद्धा ही रही होगी, जिसने घोर कष्टों और निराशा के क्षणों में भी उन पुरखों को आत्मबल दिया तथा जिंदा रखा। पावन गंगा तलाव, महेश्वरनाथ मंदिर, घर-घर में रामायण, राम और हनुमान की प्रतिमाएँ, शिवरात्रि, होली, दीपावली इसके जीवंत प्रमाण हैं।

वह पावन गंगा तलाव

आज गंगा तलाव को लेकर मेरा मन बच्चों की तरह उतावला था। माँ गंगा के प्रति तो बचपन से ही अगाध श्रद्धा रही है। सालों पहले जब मैंने 'एक और गंगा-अवतरण' की बात सुनी, तो तभी से मेरा मन गंगा तलाव के दर्शन को मचलने लगा। आज हम इसी गंगा तलाव की दहलीज पर खड़े थे। हमारे इस होटल से कुल 30 कि.मी. की दूरी पर ऊँची पहाड़ियों के बीच। हम चले तो रिमझिम बारिश शुरू हो गई। इसके बावजूद खूब चहल-पहल थी। महाशिवरात्रि पर यहाँ भारी भीड़ उमड़ती है।

श्रद्धालुओं इस भीड़ को देख मैं नतमस्तक हो गया। यह स्वत:स्फूर्त 'रेला'

बम-बम भोले की गूँज के साथ निकली देवाधिदेव शिव की झाँकी

हरिद्वार सा नजारा : गंगा तलाव में उमड़े श्रद्धालु

यानी सैलाब था। वह भी दोतरफा। जितने लोग जा रहे थे, उतने ही पूजा-अर्चना कर लौट रहे थे। इस सैलाब के बावजूद हमारे आगे-आगे चल रहा 'राइडर' तत्परतापूर्वक हमारे लिए रास्ता बनाता जा रहा था और लोग भी सहयोग कर रहे थे।

इस आपाधापी के बावजूद लोगों का यह अनुशासन एक अच्छे नागरिक के गुण और अगर सरल भाषा में कहें तो संस्कार का भी द्योतक है।

मैंने देखा कि यहाँ लोग व्यवस्था के इतने आदी हैं या कहूँ कि इतने अनुशासित और संस्कारित हैं कि राइडर के दाएँ या बाएँ हाथ के इशारे भर से ही वह अपने वाहन दाईं या बाईं ओर रोककर हमें रास्ता दे रहे थे। गोल और सँकरी घुमावदार सड़कें ऐसे लग रही थीं, मानो हम उत्तराखंड के ही किसी पर्वतीय क्षेत्र की यात्रा पर हों।

गाँवों और कस्बों के बीच से होते हुए हम लोग लगातार ऊपर पहाड़ी की ओर बढ़ते जा रहे थे। बीच-बीच में गन्ने के हरे-भरे खेतों या फिर दूर तक फैली हरियाली के बीच से जब हमारा काफिला गुजरता, तो रोम-रोम पुलकित हो उठता। मन की बगिया खिल उठती। सचमुच मन मोह लेनेवाले नजारे थे। रास्ते भर लोगों के झुंड-के-झुंड नंगे पैर भारी बारिश के बीच भी शिव भोले की डोली (काँवड़) लिये पैदल ही बम-बम भोले का उद्‌घोष करते गंगा तलाव की ओर बढ़ रहे थे।

गंगा तलाव का इतिहास

मॉरीशसवासियों की अटूट आस्था का केंद्र 'गंगा तलाव' है यहाँ का परम पावन सिद्धपीठ। मान्यता है कि यहाँ पूजा-अर्चना से मनोवांछित इच्छा पूर्ण होती है। इसलिए यहाँ साल भर श्रद्धालुओं का आना-जाना लगा रहता है। महाशिवरात्रि पर तो यह आस्था देखते ही बनती है। इस झील को मोक्षदायिनी माँ गंगा की तरह ही पावन माना जाता है। कहा जाता है कि इस झील को यहाँ के 'भगीरथ' कहे जाने वाले पंडित जमन गोसाई ने सन् 1897 में खोजा। उन्हीं के प्रयासों से यह यहाँ

प्रधानमंत्री डॉ. नवीन रामगुलाम को भारत से लाई गई 'गंगाजली' भेंट करते हुए

का परम पावन धाम बन गया। अगले ही वर्ष महेश्वरनाथ मंदिर ट्रायलेट से इस झील के लिए पहली तीर्थयात्रा प्रारंभ हुई। वर्ष 1972 से इसे गंगा तलाव के नाम से जाना जाने लगा, जब यहाँ भारत से लाकर पवित्र गंगाजल अर्पित किया गया। गंगा तलाव स्थित शिवलिंग को मॉरीशसवासियों द्वारा भगवान् शिव का तेरहवाँ ज्योतिर्लिंग भी माना जाता है। आज यहाँ हमारे सारे आराध्य विराजमान हैं। इसी पावन तीर्थ पर हर साल यहाँ का राष्ट्रीय पर्व (महाशिवरात्रि) मनाया जाता है।

इस पावन सरोवर की उत्पत्ति के पीछे एक रोचक पौराणिक जनश्रुति भी

पावन गंगा तलाव का मनोहारी दृश्य

बताई गई। इस जनश्रुति के अनुसार, एक बार देवाधिदेव भगवान् शिव अपने सिर पर पवित्र माँ गंगा को धारण किए अपनी पत्नी पार्वती के साथ आकाशमार्ग से पृथ्वी के चारों ओर विचरण कर रहे थे। इस निर्जन, सुंदर द्वीप को देखकर वे यहाँ उतर गए। इधर-उधर घूमने के दौरान गंगाजल की कुछ बूँदें यहाँ छलक पड़ीं और झील बन गई। यही झील कालांतर में 'ग्रैंड बेसिन' झील 'परियों का तालाब' और फिर 'गंगा तलाव' के रूप में प्रसिद्ध हो गई। कहते हैं कि भगवान् शिव ने यहाँ भविष्यवाणी की कि भविष्य में भारत में गंगा नदी के किनारे रह रहे लोग इस द्वीप पर आकर बसेंगे और यहाँ भी गंगा को शोभायमान करेंगे। यही हुआ। भारतवंशियों से आबाद यह द्वीप आज माँ गंगा की एक और स्थली बन गई है।

हम इसी पावन धरती पर गंगा तलाव के रूप में अवतरित माँ गंगा को नमन करने जा रहे थे। रास्ते भर श्रद्धालुओं में गंगा जी और हर-हर महादेव के प्रति आस्था सिर चढ़कर बोल रही थी। जयकारों से सारा वातावरण गुँजायमान था। सड़कों पर लोगों का रेला उमड़ आया था, पर अनुशासित और स्वत: नियंत्रित। एहतियाती तौर पर सरकार द्वारा सुरक्षा के पर्याप्त इंतजाम भी किए गए थे। हर 500 मीटर पर एक अस्थायी पुलिस चौकी तैयार की गई थी, जिस पर पुलिस के जवान

गंगा तलाव पर प्रधानमंत्री रामगुलाम के साथ कार्यक्रम में

तैनात थे। ठीक सात बजे हम 'गंगा तलाव' पहुँचे। प्रधानमंत्री और उनका पूरा मंत्रिमंडल घनघोर बारिश के बावजूद हमसे पहले वहाँ मौजूद था।

जगमगा उठा 'गंगा-तलाव'

यह सचमुच परम आनंद सी अनुभूति थी। श्रद्धालुओं की भीड़ का कोई ओर-छोर नहीं था। गंगा तलाव के किनारे अतिथियों के बैठने के लिए एक बहुत बड़ा मंच बना था। कुछ ही दूरी पर एक और मंच भी अतिथियों के ठीक सामने था। इस पर भजन और सांस्कृतिक कार्यक्रम आदि चल रहे थे। हमारे वहाँ पहुँचने के साथ ही कार्यक्रम की विधिवत् शुरुआत हो गई। प्राथमिक संबोधन के पश्चात् आयोजकों द्वारा माननीय प्रधानमंत्रीजी को मंच पर आमंत्रित किया गया। चमचमाती रोशनी में गंगा तलाव जगमगा उठा था। प्रधानमंत्री द्वारा इस राष्ट्रीय पर्व पर अपना पूरा भाषण हिंदी में दिया गया।

मॉरीशस के राष्ट्रीय पर्व पर अपने इस संबोधन के पश्चात् गंगोत्री से लाया गया पवित्र गंगाजल का कलश मैंने प्रधानमंत्रीजी को भेंट किया। पूरा हॉल तालियों की गड़गड़ाहट से गूँज उठा। तत्पश्चात् आयोजकों ने घोषणा की कि गंगोत्री तीर्थ से लाया गया यह पवित्र गंगाजल विशेष पूजा-अर्चना के पश्चात् प्रधानमंत्रीजी द्वारा 'गंगा तलाव' में प्रवाहित किया जाएगा। यह सुनकर हॉल फिर करतल ध्वनि से गूँज उठा।

गंगोत्सव के अवसर पर संबोधित करते हुए

मुझे बताया गया कि प्रधानमंत्रीजी द्वारा पहली बार किसी समारोह में हिंदी भाषा में अपना भाषण दिया गया। खुद वहाँ उपस्थित मॉरीशसवासी इस बात से हतप्रभ और रोमांचित थे। गोपियो अध्यक्ष महेंद्र उत्चाना ने बताया कि उत्तराखंड से आए अतिथियों के सम्मान में आज प्रधानमंत्री ने अपना भाषण हिंदी में दिया।

□

मॉरीशस का जायका : भारतीय व्यंजनों की महक

समरोह स्थल के साथ ही लगभग पचास मीटर की दूरी पर एक अन्य विशाल पंडाल बनाया गया था। यहीं हम लोगों के लिए रात्रिभोज की व्यवस्था की गई थी। माननीय प्रधानमंत्री अपने मंत्रिमंडल के सहयोगियों के साथ यहाँ भी हमारे साथ ही थे। हम लोग समारोह के बाद पंडाल में चले गए।

यहाँ मेरे कहानी संग्रह 'खड़े हुए प्रश्न' के फ्रैंच अनुवाद का विमोचन होना था, लेकिन ये पुस्तकें समय से समारोह स्थल पर पहुँच नहीं पाईं। जिस कारण विमोचन कार्यक्रम अगले दिन के लिए टल गया। विमोचन प्रधानमंत्री के हाथों होना था। अब उन्हें पता चला कि इस पुस्तक के हिंदी संस्करण का विमोचन भारत में हमारे तत्कालीन प्रधानमंत्री श्री अटल बिहारी वाजपेयी ने किया था, और जब इसके फ्रैंच संस्करण का विमोचन मैं उनके कर-कमलों से करवाना चाहता हूँ, तो उन्होंने अगले दिन विमोचन करने की सहर्ष स्वीकृति प्रदान कर दी।

भारतीय माहौल और भारतीय जायका

रात्रि के दस बज चुके थे। पांडाल के अंदर का माहौल किसी भारतीय महोत्सव से कम नहीं था। कई भट्ठियाँ जल रही थीं, लेकिन कारीगरों के बजाय खुद ही महिलाएँ भोजन-सामग्री बनाने में व्यस्त थीं। यह देखकर मुझे अपने पहाड़ के पारंपरिक आयोजन स्मरण हो आए। अतिथियों के सम्मान की यह भी एक आत्मीय अभिव्यक्ति थी। हमारे भोज के अतिरिक्त ट्रस्ट द्वारा वहीं जन-

सामान्य के लिए भी एक भंडारे का आयोजन किया गया था।

लोग पंक्तिबद्ध होकर आगे बढ़ रहे थे। ट्रस्ट के स्वयंसेवियों द्वारा एक-एक कर उन्हें दोने और पत्तल में गरमागरम पूरी, छोले और जलेबी परोसकर दी जा रही थीं। ठीक ऐसे जैसे हमारे भारत में आयोजित भंडारों की व्यवस्था होती है। मेरे लिए यह एक ऐतिहासिक क्षण था। भारत से इतनी दूर भी भारतीयता के इस आत्मीय दर्शन से मैं अभिभूत था।

पंडाल के मुख्य द्वार पर ही हमें ह्यूमन सर्विस ट्रस्ट, आर्य महासभा, सनातन धर्म हिंदू महासभा और हिंदू टेंपल कमेटी के पदाधिकारियों द्वारा हमारा स्वागत किया गया। परिचय के दौरान ही मुझे सुखद आश्चर्य हुआ कि राष्ट्रीय स्वयंसेवक संघ के कार्यकर्ता भी इस आयोजन में शामिल हुए थे। मुझे बताया गया कि भारत की तरह यहाँ पर भी आर.एस.एस. की नियमित शाखाएँ लगती हैं।

सभी लोगों से औपचारिक मुलाकात के पश्चात् हमें पंडाल के अंदर बने एक विशेष शामियाने में भोजन हेतु बैठाया गया। ट्रस्ट की महिला सदस्यों द्वारा भोजन परोसा जाने लगा। भोजन में मटर पनीर, कढ़ी, रोटी, पूरी, चावल, छोले आदि विशुद्ध भारतीय व्यंजन तैयार किए गए थे। इसके अतिरिक्त उड़द की पकौड़ियाँ, बेसन और बूँदी के लड्डू, बरफी और जलेबी भी तैयार की गई थीं।

प्रतिनिधिमंडल के सदस्यों के आगे एक-एक कर भारतीय व्यंजनों से भरी थालियाँ परोसी गईं। जैसे हमारे यहाँ विवाह समारोह में या फिर घर की रसोई में व्यवस्था होती है। यह आतिथ्य अभिभूत कर देनेवाला था। भोजन के बीच-बीच में आत्मीयता भरी बातें और तमाम जानकारियों का आदान-प्रदान भी चलता रहा। इस दौरान मॉरीशस में भारतीय संस्कृति और उसकी प्रधानता के बारे में भी अनेक रोचक बातें पता चलीं।

दिल छू गई उनकी हिंदी

हमें बताया गया कि भारतवंशी आज मॉरीशस देश की रीढ़ हैं। यहाँ तक कि राष्ट्रीय राजनीति की तीन चौथाई सीटों पर भारतीय मूल के लोग ही विराजमान हैं। भारतीय मूल के लोग ही मॉरीशस की राजनैतिक और आर्थिक नीतियों का राष्ट्रीय स्तर पर निर्धारण करते हैं। उद्यम से लेकर विभिन्न पेशों में भी भारतीय ही छाए हैं।

महासभा के सदस्यों के बीच आत्मीय क्षण

सबसे अधिक सुखद आश्चर्य मुझे यह देखकर हुआ कि सभी लोग विशुद्ध हिंदी में ही आपस में वार्त्तालाप कर रहे थे। हिंदी भी इतनी शुद्ध और साहित्यिक कि सुननेवाला दंग रह जाए। मैं सोचने लगा कि इतनी अच्छी हिंदी तो हम भी नहीं बोल पाते। मुझे जब यह पता चला कि हिंदी बोल रहे इन लोगों में कई दक्षिण भारत और महाराष्ट्र से भी हैं, तो मैं और भी आश्चर्यचकित रह गया। सच कहूँ तो ऐसा लग रहा था कि हम मॉरीशस में नहीं, बल्कि भारत के ही किसी हिंदीभाषी क्षेत्र में बातचीत कर रहे हों।

भोज के बाद विभिन्न संगठनों के सदस्यों से मुलाकात

भोज के बाद ट्रस्ट के सदस्यों से मुलाकात

भारतीयता का यह जज्बा, यह प्रेम मुझे अंदर तक छू गया। हालाँकि यहाँ की राजभाषा फ्रेंच और अंग्रेजी हैं, किंतु हिंदी भाषियों की संख्या सबसे अधिक है। इसके अतिरिक्त भोजपुरी, तमिल, मराठी, उर्दू, मैंडरिन और कैंटोनीज भाषाएँ भी बोली जाती हैं। बोलचाल की एक स्थानीय भाषा क्रियोल भी प्रचलन में है।

सर्वधर्म समभाव की भावना

बताया गया कि मॉरीशस अनेक जातीय समूहों का एक राष्ट्र है। इसमें भारत, अफ्रीका, फ्रांस, ब्रिटेन, ऑस्ट्रेलिया आदि देशों के वंशज हैं।

यहाँ सभी धर्मों के लोग हैं, इनमें हिंदुओं की संख्या सबसे अधिक 52 प्रतिशत है। एक बड़ी संख्या नास्तिक लोगों की भी है। यहाँ पर सभी धर्मों के धार्मिक स्थल हैं। यहाँ कुछ धार्मिक स्थलों का मैं संक्षिप्त विवरण प्रस्तुत कर रहा हूँ।

इस तरह चला फोटो सेशन का दौर

प्रसिद्ध धार्मिक स्थल

कैलिऑसन तमिल मंदिर

श्री शोकलिंगम मीनाची अमीन अथवा कैलिऑसन तमिल मंदिर मॉरीशस का एक अत्यंत आकर्षक धार्मिक स्थल है। द्रविड़ियन स्थापत्यकला के अनुसार निर्मित इस मंदिर परिसर का आकार मनुष्य शरीर की तरह है। यह पोर्ट लुइस के उत्तरी भाग में है। मंदिर के चारों ओर पवित्र दैवीय चित्रों को उकेरा गया है।

सैंट फैंकोइस

यह मॉरीशस का सबसे पुराना गिरिजाघर है। इसका निर्माण सन् 1750 में हुआ। फ्रांस की पुरातात्त्विक शैली का यह चर्च अद्‌भुत है। यह पैंपल माउसेस गार्डन के निकट ही स्थित है।

कैंप मॉलहेरेक्स चर्च

टर्की सागर के तट पर बना यह चर्च ईसाइयों का प्रसिद्ध धार्मिक केंद्र है, यहाँ से कॉइन डी मैरी एवं अन्य रमणीय आइसलैंड दिखलाई पड़ते हैं।

हिंदू मंदिर

भगवान् शिव का यह मंदिर मॉरीशस के ट्रायलैट शहर में स्थित है। इसका निर्माण सन् 1850 में किया गया था। इसे महेश्वरनाथ मंदिर के नाम से भी जाना जाता है तथा इस मंदिर के परिसर को शिवाला कॉम्प्लेक्स कहते हैं। इस परिसर में मुख्य मंदिर के अलावा अन्य देवी-देवताओं के छोटे-छोटे मंदिर समूह भी हैं, जिनमें शिव, विष्णु, कृष्ण व अन्य देवताओं की मूर्तियाँ स्थापित की गई हैं।

अनोखा सौहार्द एवं सहिष्णुता

भोजन करके हम जैसे ही उस छोटे से शामियाने से बाहर निकले, तो लोगों ने हमें घेर लिया। अतिथियों से मिलने की उत्सुकता उनके चेहरों पर साफ झलक रही थी। बल्कि कुछ तो लगाव की अदृश्य डोर से बँधे इतने बेताब थे कि वे खाना छोड़कर यहीं मिलने की प्रतीक्षा में खड़े थे। मैं उनसे मिलने का मोह नहीं छोड़ पाया और जब हम मिले तो यह देखकर मुझे सुखद आश्चर्य हुआ कि मुझसे अधिकांश प्रश्न भारत और उसकी संस्कृति को लेकर किए गए।

इसके बाद ह्यूमन सर्विस ट्रस्ट, हिंदू महासभा और आर्य महासभा के कार्यकर्ता व पदाधिकारियों से भी बातचीत हुई। सभी लोगों में हमारे साथ फोटो खिंचवाने की जैसे होड़ लगी रही। मैंने भी सबके साथ खूब फोटो खिंचवाए। रात्रि के ठीक ग्यारह बज चुके थे। अब विदाई की घड़ी आ गई थी। बाहर अभी भी मूसलधार बारिश हो रही थी। हम लोग छातों के सहारे अपने-अपने वाहनों में सवार हुए। सभी लोगों ने बारिश की परवाह किए बिना शामियाने से बाहर आकर हमें विदाई दी।

गंगा तलाव पर आयोजित महाशिवरात्रि के राष्ट्रीय पर्व पर मॉरीशस आकर जो धार्मिक सौहार्द एवं सहिष्णुता मैंने देखी, उसने मुझे बेहद प्रभावित किया। यह सब देखकर बड़ा आश्चर्य हुआ कि सारे विश्व से आनेवाले पर्यटकों का स्वागत करने वाला यह मॉरीशस गणतंत्र अपने 'पुरखों की परंपराओं' को इतने जतन से सँभाले हुए है। पश्चिमी सभ्यता के बढ़ते प्रभाव के बावजूद भारत से इतनी दूर अपनी संस्कृति और परंपराओं को बचाए रखना वाकई अद्भुत है। होटल लौट आने के बाद भी देर रात तक यही बातें मुझे भीतर तक गुदगुदाती रहीं। कब आँख लग गई, पता भी न चला।

□

मॉरीशस में तीसरा दिन : एक-एक क्षण का उपयोग

बुधवार, 10 फरवरी, 2010—यानी मॉरीशस में हमारा तीसरा दिन। अपनी चार घंटे की नींद लेकर मैं पौ फटने से पहले ही जाग गया। समय से तालमेल में वहाँ ज्यादा दिक्कत आई। वहाँ 12 बजे तक कार्यक्रम का मतलब भारत में साढ़े दस बजना। इतना समय लगभग रोज ही ऑफिस का काम निपटाते यहाँ भी हो ही जाता है।

फिर मंत्रिगणों, विधायकों, जनता जनार्दन से देर रात तक मिलने का कार्यक्रम चलता रहा। एक और डेढ़ बजना तो नित्य का क्रम है। आज मॉरीशस यात्रा का हमारा आखिरी दिन था। मन में यह भी था कि कुछ छूटे नहीं। इसलिए मेरी कोशिश थी कि एक-एक क्षण का भरपूर उपयोग हो।

लिहाजा पिछले दो दिनों की तुलना में हमारा तीसरा दिन कहीं ज्यादा व्यस्त रहने वाला था। प्रात: नौ बजे हमें 'ले मोर्न' शहीद-स्मारक जाना था। ग्यारह बजे 'अप्रवासी घाट' के दर्शन के बाद बारह बजे मेरे कहानी संग्रह 'खड़े हुए प्रश्न' के फ्रैंच संस्करण का विमोचन महात्मा गांधी संस्थान में प्रधानमंत्रीजी द्वारा किया जाना था। इसी कार्यक्रम में मुझे मॉरीशस सरकार द्वारा 'मॉरीशस सम्मान' दिए जाने की घोषणा प्रधानमंत्रीजी द्वारा पूर्व में ही की जा चुकी थी। इसके पश्चात् दो बजे गोपियो द्वारा आयोजित 'सम्मान भोज' में सम्मिलित होना था। गोपियो द्वारा इसी अवसर पर मुझे 'गोपियो असाधारण उपलब्धि सम्मान' दिए जाने की घोषणा उप प्रधानमंत्रीजी द्वारा गोपियो के सम्मेलन में पहले ही कर दी गई थी। यह मेरे तथा देवभूमि के लिए अत्यंत गौरव की बात थी।

पुनः तीन बजे मॉरीशस के विदेश मंत्री, उद्योग मंत्री और पब्लिक इन्फ्रास्ट्रक्चर (लोक अवसंरचना) मंत्री से हमारी अलग-अलग औपचारिक मुलाकातें तय की गई थीं।

शाम पाँच बजे हिंदू टैंपल कमेटी और आर्य महासभा द्वारा हमारे स्वागत एवं अभिनंदन के कार्यक्रम का आयोजन किया गया था। सायं सात बजे भारतीय उच्चायुक्त द्वारा 'सम्मान भोज' का आयोजन था। आज की इन सारी व्यस्तताओं के बाद रात्रि 11.20 बजे मॉरीशस से दुबई के लिए हमारी उड़ान निर्धारित थी।

अभी तक के तमाम व्यस्त कार्यक्रमों के बीच मैं अपने परिवार को समय नहीं दे पाया था। यह बात बार-बार मुझे कचोट रही थी। बच्चों के साथ सैर करने या पर्यटन स्थलों पर घूमने का समय भी मुझे नहीं मिल सका था। अलबत्ता मुझे सुकून इतना था कि मेरी पत्नी और पुत्रियों ने एक बार भी इस बात का कोई गिला-शिकवा मुझसे नहीं किया। मेरे कार्यक्रमों के साथ-साथ वे भी दौड़ लगाते रहे।

इसलिए मैंने तय किया कि आज सायं थोड़ी देर समुद्र तट पर बच्चों के साथ जरूर टहलूँगा। डूबते सूरज की स्वर्णिम रश्मियों का समुद्र तट पर आनंद लेने तो विश्व भर के पर्यटक यहाँ आते हैं। यदि इसका आनंद लिये बिना हम यहाँ से चले जाएँगे, तो यह बच्चों के साथ अन्याय होगा और मुझे हमेशा यह अपराध-बोध रहेगा।

प्रातः आठ बजे पूजा-अर्चना और अध्ययन के पश्चात् मैं पूरी तरह से तैयार हो चुका था। मैंने फोन पर अपने मुख्य सचिव, निजी सचिव और जनसंपर्क अधिकारी से अलग-अलग वार्त्ताएँ कीं। मुझे संतोष हुआ कि उत्तराखंड राज्य के मिनिस्ट्रियल कर्मचारी संगठन ने कल सायं अपनी हड़ताल वापस लेने की घोषणा कर दी थी। पिछले तेईस दिनों से राज्य कर्मचारियों का संगठन आंदोलनरत था। जिस कारण सरकारी कामकाज काफी प्रभावित हो रहा था।

मॉरीशस-भ्रमण के दौरान यह मेरे लिए एक चिंता का कारण भी था। हालाँकि कर्मचारियों की न्यायसंगत माँगों को मैं मॉरीशस आने से पूर्व ही मान चुका था, लेकिन कुछ ऐसी भी शर्तें थीं, जिन पर मैं राज्यहित को देखते हुए सहमत नहीं हो सका था।

मैं अपने राज्य-कर्मचारियों के हितों का कभी भी विरोधी नहीं रहा हूँ। कर्मचारी

ही तो किसी भी सरकार के हाथ-पैर, मस्तिष्क और रीढ़ होते हैं, ऐसा मेरा मानना है, लेकिन दबाव की राजनीति मुझे कभी पसंद नहीं रही। मेरे स्वभाव में 'हठ' भी एक प्रमुख गुण रहा है। मैं गैरवाजिब माँगों के आगे कभी झुका ही नहीं। हमारे राज्य कर्मचारी आज से कार्य पर लौट आएँगे, यह बात मुझे संतोष प्रदान करनेवाली थी।

वापसी की भी तैयारी

प्रतिनिधिमंडल के सारे सदस्य भी एकदम तैयार थे। मेरे सामने नाश्ता आ चुका था, जबकि मेरे सभी सहयोगी नाश्ता कर चुके थे। समय की उपयोगिता देखते हुए ही मैंने प्रतिनिधिमंडल को अपने पास बुला लिया। पिछले दो दिनों के कार्यक्रमों की समीक्षा हुई। सभी सदस्यों ने कार्यक्रमों की सफलता से अपनी संतुष्टि व्यक्त की। फिर आज के कार्यक्रमों की रूपरेखा और तैयारियों पर चर्चा हुई। चूँकि आज रात्रि को हमें वापसी भी करनी थी, इसलिए अपने-अपने सामान की पूरी पैकिंग करके ही हमें होटल से निकलना था।

स्टाफ मुझसे एक कदम आगे निकला, मुझे बताया गया कि सभी लोगों ने अपनी पैकिंग पूरी कर ली है। बातचीत के दौरान ही मैंने नाश्ता कर लिया था। अब हम अपने पहले कार्यक्रम में जाने के लिए पूरी तरह से तैयार थे।

□

ले मोर्न : स्वाभिमान और आत्मोत्सर्ग की मिसाल

प्रातः लगभग नौ बजे हम होटल से 'ले मॉर्न' शहीद स्मारक के लिए निकल पड़े। सौभाग्य से मौसम एकदम साफ था। शहरों और कस्बों से गुजरते हुए हमें थोड़ी ऊँचाई पर जाना पड़ा। लगभग आधा घंटे का सफर तय कर हम 'ले मॉर्न' पहुँचे।

हमसे पूर्व ही वहाँ शिक्षा और संस्कृति मंत्री श्री बसंत कुमार बनवारीजी अपने अधिकारियों के साथ हमारी अगवानी के लिए पहुँच गए थे।

हम जहाँ भी, जिस भी कार्यक्रम में पहुँचे, मॉरीशस गणतंत्र के मंत्री और अधिकारीगण हमारे पहुँचने से पहले ही वहाँ हमें तैयार मिलते रहे थे। 'ले मॉर्न' को शहीद स्मारक के रूप में विकसित किया गया है।

मूर्तिकला का बेजोड़ नमूना

यह मॉरीशस के दक्षिणी भाग में एक ऊँची खुरदरी पहाड़ी है। पहाड़ी के नीचे हरियाली से घिरा सपाट मैदान है, जिस पर हम पहुँचे थे। मैदान के मध्य में एक शेड था। इसके अंदर एक विशाल आदमकद पाषाण प्रतिमा थी। बंद मुट्ठियाँ, फड़कती हुई भुजाएँ तथा हवा में आगे बढ़ता पैर। ऐसा प्रतीत होता, मानो यह प्रतिमा अभी चल पड़ेगी।

मैदान के चारों ओर विशाल शिलाखंडों पर इसी प्रकार की अनेक प्रतिमाएँ बनाई गई हैं, जो हर 10-15 मीटर की दूरी पर मैदान के चारों ओर स्थापित की गई हैं। मैदान के केंद्र से सभी प्रतिमाओं तक पहुँचने के लिए एक मीटर चौड़ाई

ले मॉर्न पहाड़ी पर मुख्य पाषाण प्रतिमा

ले मॉर्न की ऐतिहासिक पहाड़ी का एक दृश्य

पर रोड़ियाँ बिछाकर इसे रास्ते का रूप दिया गया है। ले मॉर्न स्मारक की ये प्रतिमाएँ मूर्तिकला का बेजोड़ नमूना हैं।

मेजबानों ने हमें एक-एक प्रतिमा पर ले जाकर उनके विषय में सविस्तार रोचक जानकारी दी। प्रतिमाओं के सामने पहुँचकर मुझे कुछ अलग तरह की भावानुभूति हो रही थी। अलग-अलग प्रतिमाओं में अलग-अलग प्रकार के मानवीय भाव साफ-साफ दृष्टिगोचर हो रहे थे। प्रेम, करुणा, रुदन, पीड़ा और रोष आदि की भावनाएँ सजीव जान पड़ रही थीं। ऐसा लग रहा था, मानो जीते जी इनसानों ने ही पाषाण का रूप ले लिया हो।

ले मॉर्न के शहीदों को श्रद्धांजलि के दौरान

ले मॉर्न स्मारक में यादगार भ्रमण

ले मॉर्न में प्रतिनिधिमंडल एवं मेजबानों के साथ

त्याग और बलिदान की गाथा

इस दौरान संस्कृति मंत्री बनवारीजी ने 'ले मॉर्न' के इतिहास के बारे में हमें विस्तार से जानकारी दी। उन्होंने बताया कि 18वीं सदी के प्रारंभिक वर्षों में जब मॉरीशस में स्वतंत्रता के लिए संघर्ष चल रहा था, तो भागे हुए गुलामों आदि ने इसी पहाड़ी स्थान को अपनी शरणस्थली बनाया था, चूँकि यह स्थान निर्जन, जंगली और दुर्गम पहाड़ियों से घिरा हुआ था। इसी के बीच स्थित एक ऊँची पहाड़ी पर इन लोगों ने गुफाओं में अपने आवास बना लिये थे। गुलामी से जुड़ी अनेक जनजातियों ने यहीं अपनी जाँबाजी और एकता की जबरदस्त मिसाल कायम की और अंततः यहीं से गुलामों की स्वतंत्रता के लिए एक युद्ध छेड़ दिया था।

अफ्रीका, मेन लैंड, मेडागास्कर, भारत और दक्षिण-पूर्व एशिया से यूरोपीय देशों में बेचे जाने के लिए लाए गए सभी गुलाम स्वतंत्रता के लिए एक हो गए। मॉरीशस गुलामों के व्यापार का एक बड़ा केंद्र था, इसलिए गुलामी की जंजीरों को तोड़कर भागे हुए लोग 'ले मॉर्न' की पहाड़ी में शरण लेने लगे। इसी कारण इस

बोलते पत्थर : शहीदों की याद दिलाती प्रतिमाएँ

पहाड़ी को बाद में 'मरून रिपब्लिक' के नाम से भी जाना जाने लगा। इन गुफाओं में लोगों को अनेक कष्ट झेलने पड़े। विश्व के अनेक देशों में उस समय गुलामी प्रथा मौजूद थी। गुलामी प्रथा के खिलाफ 'ले मोर्न' पहाड़ी एक किले के रूप में तब्दील हो चुकी थी। बाद में गुलामी प्रथा दिखाने को तो खत्म कर दी गई, लेकिन दासता का अप्रत्यक्ष सिलसिला जारी रहा।

गुलामी के दौर की जानकारी देते हुए संस्कृति मंत्रीजी ने बताया कि सन् 1832 में ब्रिटिश संसद् ने पूरे विश्व में दास प्रथा का अंत किया, तो यहाँ भी दास स्वतंत्र हो गए। लेकिन इसके तोड़ को अंग्रेजों ने चाल चलकर शर्तबंधी प्रथा लागू की और इसकी आड़ में भारतीय मजदूरों को प्रलोभन देकर यहाँ लाना शुरू किया। यहाँ काम के बावजूद उन्हें यातनाएँ दी जाने लगीं। बाद में भागकर गुलामों ने इसी पहाड़ी पर शरण ली। उन्होंने बताया कि गुलामों को पकड़ने के लिए सरकार

शिलाओं पर यादगार शिल्पकारी

अथवा मालिकों द्वारा आक्रमण किया जाता, तो गुलामी स्वीकारने के बजाय वे मौत को गले लगाना पसंद करते। वह लड़ते और पकड़े जाने की स्थिति में यहीं से कूदकर जान दे देते। इस तरह यह पहाड़ी स्वाधीनता-प्राप्ति के लिए संघर्ष, त्याग और बलिदान का प्रतीक बन गई।

मैं संकल्प लेकर लौटा

त्याग और बलिदान की ऐसी रोमांचकारी गाथा सुनकर मेरा मन सहज ही भर आया। मेरी आँखें छलछला आईं। अब मुझे मैदान के चारों ओर स्थापित मूर्तियों के भाव स्पष्ट समझ में आने लगे थे।

मॉरीशस ब्रॉडकास्टिंग कॉरपोरेशन के टी.वी. चैनल और अन्य पत्रकारों ने मुझे यहाँ पर घेर लिया। रुँधे गले से ही मैंने पत्रकारों को अपने भावों से अवगत कराया। इस गाथा में छिपी पीड़ा, संघर्ष और बलिदान की कल्पना करके मेरा तन-

आगंतुक पुस्तिका में दर्ज की अपनी अभिव्यक्ति

मन सिहर उठा। मैंने उन क्षणों की कल्पना की, जब इन शहीदों को अनेक अमानवीय यातनाओं से गुजरना पड़ा होगा। यह इन्हीं यातनाओं का प्रतिफल रहा होगा कि वे

ले मॉर्न हेरिटेज ट्रस्ट का स्मृति-चिह्न भेंट करती बालिका

सब विरोध करने हेतु मुखर हुए होंगे। मेरे दिल में इन सभी शहीदों के प्रति असीम श्रद्धा उमड़ पड़ी।

यह अलख जलती रहे

डॉ. बनवारी ने बताया कि जुलाई 2008 में 'ले मॉर्न' को यूनेस्को की विश्व विरासत के तौर पर स्वीकार कर लिया गया है। मुझे इस जानकारी से बेहद खुशी हुई और मेरे व्यथित हृदय को सुकून भी मिला। प्रत्येक राष्ट्र और राष्ट्रवासी का यह कर्तव्य है कि वह अपने शहीदों का सम्मान करे और बलिदानों की उन गाथाओं को हमेशा याद रखे, जिनकी बदौलत आज आजादी की साँस मिल रही है। इसी आजादी की श्वासों से होगी प्रगति और तब गाया जाएगा विकास और स्वाभिमान-सम्मान का गीत।

इस अवसर पर मुझे वर्ष 1988 में लिखी अपनी एक कविता याद आ गई—

'सूर्य उगेगा, दिवस चलेगा, अंधकार मिट जाएगा।
बलिदानों की गाथाओं को, पल पल गाया जाएगा॥

ले मॉर्न हेरिटेज ट्रस्ट द्वारा दिया गया स्मृति-चिह्न

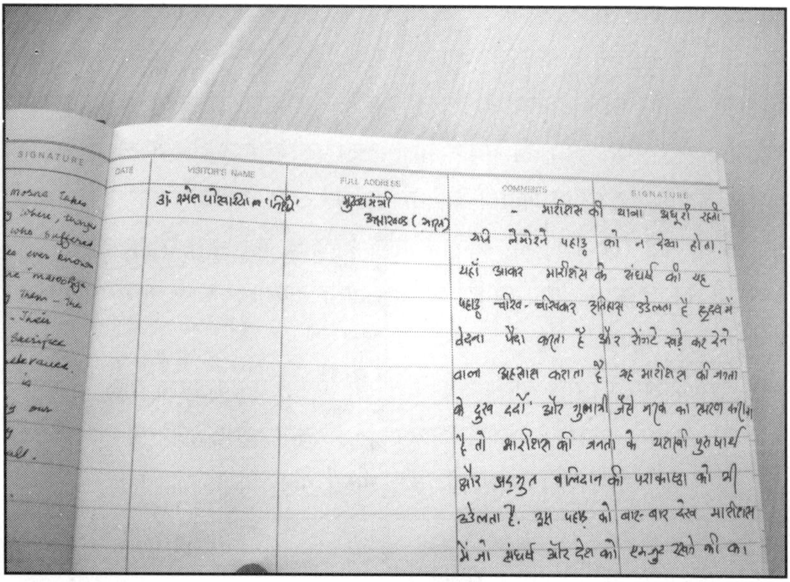

आगंतुक पुस्तिका में भावनात्मक अभिव्यक्ति

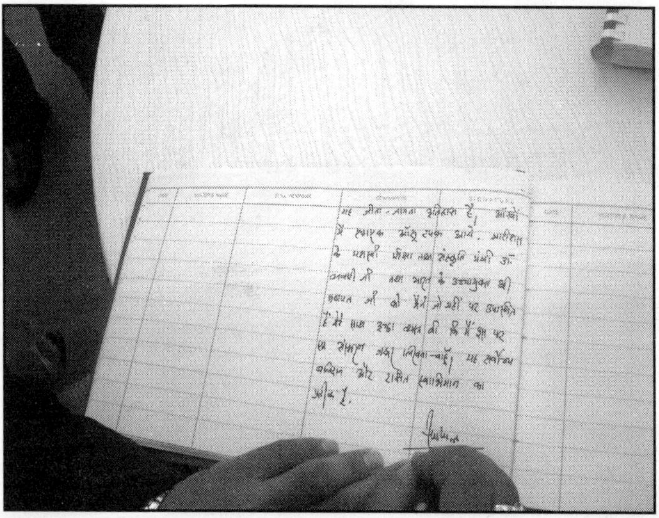

खेतों में हरियाली होगी, कण-कण सोना उगलेगा।
डाली-डाली झूम उठेगी, भाग्य विश्व का बदलेगा॥
घर-घर में खुशहाली होगी, मंगल गाया जाएगा।
बलिदानों की गाथाओं को, पल पल गाया जाएगा॥

गूँजेगी गुरु गौरव-गाथा, हर गीत सुवासित ही होगा।
मंगलमोद घरों का अब, नया तराना ही होगा॥
श्रद्धा से जग अवनत होगा, राष्ट्रविभव बढ़ जाएगा।
बलिदानों की गाथाओं को, पल-पल गाया जाएगा॥'

मॉरीशस की यह 'ले मॉर्न' पहड़ी निश्चय ही स्वाभिमान एवं आत्मोत्सर्ग की मिसाल है—

'तुम्हारी प्रेरणा बनकर ज्योति,
विश्व को जगाएगी सदा।
कुरबानी तुम्हारी न व्यर्थ होगी,
विश्व को याद आएगी सदा॥'

मॉरीशस की यह 'ले मॉर्न' पहाड़ी निश्चय ही स्वाभिमान एवं आत्मोत्सर्ग की मिसाल है। यह मॉरीशस की आजादी का एक ऐसा अनूठा स्मारक है, जो पूरे विश्व को त्याग की अजेय प्रेरणा दे रहा है। उन सभी बलिदानियों और शहीदों को इस धरती पर श्रद्धाभाव से नमन करने हेतु मेरे हाथ स्वत: ही जुड़ गए व सिर श्रद्धा से झुक गया, जिन्होंने मॉरीशसवासियों के सुनहरे कल के लिए अपने आज को न्योछावर किया। मानवता के कल्याण के लिए जंग जारी रहे। यही इन शहीदों को सच्ची श्रद्धांजलि होगी। भावविभोर होकर मैंने अपनी एक पूर्व रचित कविता की पंक्तियाँ इन शहीदों को समर्पित कीं।

'अभी भी है जंग जारी
वेदना सोई नहीं है।
मनुजता होगी धरा पर

ले मॉर्न में शहीदों की याद में रखी गई शिलाएँ

संवेदना खोई नहीं है।
किया है बलिदान जीवन
निर्बलता ढोई नहीं है।
कह रहा हूँ ऐ वतन!
तुझसे बड़ा कोई नहीं है।'

'विजिटर बुक' में मुझसे अपने विचार लिखने हेतु आग्रह किया गया। अत्यंत भावुकता में मैंने विजिटर बुक में अपने विचार लिखे। इस बार भी संस्कृति मंत्री श्री बसंत कुमार बनवारी मेरे बगल में तब तक खड़े रहे, जब तक मैंने अपना

ले मॉर्न के संबंध में पत्रकारों के सवालों का जवाब देते हुए

मंतव्य पूरा नहीं किया। अब जाने का समय हो गया था, भारी मन से हमने मेजबानों से विदा माँगी। मुझे बहुत सुखद अहसास हुआ, जब उस स्मारक की व्यवस्था सँभालनेवाले 'ले मॉर्न हेरिटेज ट्रस्ट फंड' के अफ्रीकन आयोजकों ने एक छोटी सी प्यारी बच्ची के हाथों मुझे 'ले मोर्न' की प्रतिकृति वाली एक ढपली 'स्मृति-चिह्न' के रूप में भेंट की।

शहीद स्मारक से जाते समय पुनः स्थानीय वाद्य यंत्रों की धुन पर नृत्य करते हुए मॉरीशस के लोक कलाकारों ने हमें विदाई दी।

□

अप्रवासी घाट : अमानुषिक यंत्रणा का मूक गवाह

हमारी अगली मंजिल था—अप्रवासी घाट। यह घाट वस्तुतः भारत से आनेवाले 'गिरमिटिया' मजदूरों की याद में स्थापित किया गया मॉरीशस का राष्ट्रीय स्मारक है।

इतिहास बताता है कि इस स्थल पर भारत से लाए गए मजदूरों की बोली लगाई जाती थी। सन् 1834 से 1920 के अंतराल में भारत के उत्तर प्रदेश, बिहार, दक्षिण भारत आदि जगहों से लगभग 4,50,000 मजदूर मॉरीशस लाए गए थे। इस स्थल का नाम 'कुली घाट' था, जो पूर्व में गुलामों की खरीद-फरोख्त की एक बहुत बड़ी मंडी के रूप में जाना जाता था।

दस्तावेजों के मुताबिक 2 नवंबर, 1834 को भारत से मजदूरों का पहला दल इस घाट पर लाया गया था, इसीलिए मॉरीशस में अब 2 नवंबर का दिन 'अप्रवासी दिवस' के रूप में मनाया जाता है। इसी दिन अप्रवासी घाट पर प्रतिवर्ष एक समारोह आयोजित किया जाता है। मॉरीशस सरकार द्वारा 2 नवंबर को राष्ट्रीय अवकाश घोषित किया गया है।

ताकि जुड़े रहें हम जड़ों से

सन् 1833 में ब्रिटिश संसद् द्वारा एक प्रस्ताव पास करके दुनिया के समस्त उपनिवेशों से 'दास प्रथा' का अंत कर दिया गया। मॉरीशस में भी दासों को आजाद कर दिया गया। मुक्त हुए दासों ने वहाँ के खेतों में काम करना बंद कर

अप्रवासी घाट की ओर प्रस्थान

दिया, जिससे मॉरीशस के चीनी उद्योग का विकास अवरुद्ध हो गया। भारत और मॉरीशस में तब अंग्रेजों का शासन था। अंग्रेजों द्वारा अब मजदूरी के नाम पर कई प्रलोभन देकर भारतीयों को नए तरीके से मॉरीशस भेजा जाने लगा।

अतीत की यादें : अप्रवासी घाट

अप्रवासी घाट में पुरखों को श्रद्धांजलि

इन मजदूरों की स्थिति कमोवेश 'दासों' जैसी ही थी। सन् 1834 में मजदूरी के नाम पर हजारों भारतीयों को मॉरीशस भेजा गया। इनसे खेती का कार्य करवाने के बजाय पोर्ट लुई के बंदरगाह तथा राजधानी के अधिकांश भवनों का निर्माण किया गया।

भारी संख्या में अप्रवासियों के आने से मॉरीशस के विकास को नया आयाम मिला। लड़खड़ाता चीनी उद्योग फलने-फूलने लगा। जंगल काटकर सुंदर बगीचों और सड़कों का निर्माण हुआ।

इन मजदूरों के साथ मालिकों द्वारा बर्बरतापूर्ण व्यवहार किया जाता था। इनको कोठियों के साथ बनी छोटी-छोटी कोठरियों में रखा जाता था, जिनके दरवाजे केवल तीन फीट के होते थे। इनकी दुःख-बीमारी का भी खयाल नहीं रखा जाता था। एक दिन गैरहाजिर रहने पर दो दिन की मजदूरी काट ली जाती थी। दवाई और आराम न मिलने के कारण कई श्रमिकों की तो तड़प-तड़पकर मौत हो जाया करती थी। अप्रवासी घाट 'अमानुषिक यंत्रणाओं' का प्रतीक बन गया था।

ठीक 12 बजे हम अप्रवासी घाट पहुँचे। श्री बनवारीजी ने बताया कि मॉरीशस की स्वतंत्रता के पश्चात् सरकार द्वारा इस स्थल को संरक्षित करने के लिए इसका

अप्रवासी घाट में मेजबानों से मुलाकात

पुनरुद्धार और विकास कराया गया और इस पर विशाल भवन का निर्माण भी कराया है। ताकि यह भावी पीढ़ी को भारत–मॉरीशस की सांस्कृतिक विरासत और अपने पुरखों के अनवरत संघर्ष की याद दिलाता रहे।

मुझे बताया गया कि सन् 1970 में भारत की तत्कालीन प्रधानमंत्री श्रीमती इंदिरा गांधीजी प्रथम बार इस स्थल पर आई थीं। इसके पश्चात् भारत के अनेक महत्त्वपूर्ण व्यक्तियों और राजनेताओं का यहाँ आगमन हुआ। आज यह 'अप्रवासी घाट' भारत–मॉरीशस संबंधों का एक महत्त्वपूर्ण प्रतीक चिह्न बन गया है।

कुली घाट अब विश्व धरोहर

सन् 1985 में मॉरीशस की सरकार ने इसे एक संरक्षित स्मारक घोषित कर दिया था। पहले इस घाट को 'कुली घाट' के नाम से जाना जाता था, जिसे बाद में 1987 में बदलकर 'अप्रवासी घाट' कर दिया गया। सन् 2001 में अप्रवासी घाट को एक अंतरराष्ट्रीय स्मारक स्थल के रूप में विकसित करने पर विचार आरंभ हुआ। इसके तहत अप्रवासी घाट निधि न्यास की स्थापना की गई।

सैकड़ों वर्षों पूर्व दूसरे देशों से आए अप्रवासियों के मॉरीशस आगमन, बसने और उनके सामाजिक विकास की सफल यात्रा को बताने के उद्देश्य से एक भव्य

अप्रवासी घाट : सन् 2006 में विश्व धरोहर घोषित

संग्रहालय तैयार किया गया। सन् 2003 में अप्रवासी घाट को राष्ट्रीय विरासत के रूप में मान्यता दी गई और 13 जुलाई, 2006 को यूनेस्को द्वारा इसे 'विश्व विरासत स्थल' घोषित किया गया। भारत द्वारा इस स्थल पर कार्य कर रहे पुरातत्त्व तकनीशियनों को प्रशिक्षण के साथ-साथ इस ऐतिहासिक स्थल के पुनरुद्धार और नवीनीकरण में सक्रिय सहयोग भी दिया गया। निधि न्यास ने भारतीय दल के पर्यवेक्षण में एक 'अप्रवासी घाट संरक्षण परियोजना' भी प्रारंभ की है।

अमर रहेगी यह कुरबानी

मुझे बताया गया कि सन् 2005 में प्रधानमंत्री डॉ. मनमोहन सिंह ने अपनी मॉरीशस यात्रा के दौरान अप्रवासी घाट पर एक स्मारक प्लेट का अनावरण किया था।

मार्च 2006 में मॉरीशस यात्रा के दौरान भारत के तत्कालीन राष्ट्रपति डॉ. ए.पी.जे. अब्दुल कलाम अप्रवासी घाट पर आए, तो उन्होंने भारत से मॉरीशस आनेवाले गिरमिटिया मजदूरों की याद में एक स्मृति-चिह्न को भी वहाँ रखा था।

2 नवंबर, 2007 को भारत की तत्कालीन सामाजिक न्याय एवं सशक्तीकरण मंत्री श्रीमती मीरा कुमार ने भी घाट पर एक हार रखा। वे गिरमटिया मजदूरों की याद में आयोजित एक समारोह में मुख्य वक्ता थीं। गत वर्ष 2 नवंबर, 2009 को भारत

मॉरीशस में गुलामी के दौर की यंत्रणाओं की याद दिलाता एक तैल चित्र

के विदेश राज्य मंत्री शशि थरूर ने भारत से मॉरीशस आनेवाले गिरमिटिया मजदूरों के आगमन की 175वीं वर्षगाँठ के अवसर पर मुख्य अतिथि के रूप में यहाँ पर अपना भाषण दिया था।

भारत के उन जाँबाज और साहसी पुरखों को नम आँखों से श्रद्धांजलि अर्पित करने के पश्चात् एक किनारे से हमें वहाँ का पूरा भ्रमण कराया गया। मैं उस काल की कल्पना कर रहा था, जब भारतीयों को यहाँ पर खरीदा और बेचा जाता रहा होगा। कितनी असहनीय वेदनाएँ और यंत्रणाएँ उन्होंने झेली होंगी। कल्पना करके ही मेरा मन सिहर उठा। हमें बताया गया कि उन्होंने इन सब यंत्रणाओं के बावजूद अपना धर्म, संस्कार, आस्था-भक्ति, भावना कभी नहीं त्यागी। भारत से आते समय गीता और रामायण की पुस्तकों के साथ ही भगवान् राम, शिव एवं अन्य देवी-देवताओं के चित्रों को भी अपने साथ लाए थे। जिन्हें उन्होंने जीवन-पर्यंत अपने साथ रखा। बताया गया कि दिन भर की कमरतोड़ मेहनत के पश्चात् सायं को सब लोग एकसाथ मिलकर गीता और रामायण का गायन करते थे। यह सबकुछ सुनकर मेरा मन उनके प्रति गर्व और असीम श्रद्धा से भर उठा। मुझे अपने गीत की ये पंक्तियाँ याद आ गईं, जो मैंने शोषण, अन्याय और बर्बरता के खिलाफ लिखी थीं—

अप्रवासी घाट में आगंतुक पुस्तिका में भावाभिव्यक्ति

'देश के बलिदान की सौगंध है बस आज हमको।

कातिलों की गोलियों में, जान कितनी देखना है,
दुश्मनों की जड़ों को, उखाड़ हमको फेंकना है।
गोलियाँ खाकर मिटाना है अराजक राज हमको,
देश के बलिदान की सौगंध है बस आज हमको।

रक्त की धारा बही जो, गवाह उसकी ये धारा है,
देश हित बलिदान देने, हर मार्ग भी देखो भरा है।
एकता के गीत गाने, विजय के हों साज हमको,
देश के बलिदान की सौगंध है बस आज हमको।'

मॉरीशस सरकार ने अपने पूर्वजों और पुरखों की याद में इस स्थान का विकास करके और इसको राष्ट्रीय स्मारक घोषित करके निःसंदेह उनका ऋण चुकता करने का प्रयास किया है। इस स्मारक के माध्यम से मॉरीशस के विकास में उनके योगदान को हमेशा याद रखा जाएगा। इस स्थल का भ्रमण करने के पश्चात् वहाँ से विदा लेकर हम अब अपनी अगली मंजिल, यानी महात्मा गांधी संस्थान की ओर चल पड़े।

□

‘खड़े हुए प्रश्न’ का विमोचन : साहित्य गंगा का अविरल प्रवाह

आज महात्मा गांधी संस्थान में मेरे कहानी संग्रह ‘खड़े हुए प्रश्न’ के फ्रेंच अनुवाद का विमोचन प्रधानमंत्रीजी द्वारा किया जाना था।

महात्मा गांधी संस्थान के मुख्य दरवाजे पर पहुँचते ही मॉरीशस के शिक्षा एवं संस्कृति मंत्री डॉ. बनवारी, महात्मा गांधी संस्थान के अध्यक्ष श्री आर. द्वारका, रामायण सेंटर ऑफ मॉरीशस के अध्यक्ष श्री राजेंद्र ‘अरुण’, सचिव श्रीमती अरुण दत्ता एवं निदेशक (पठन-पाठन) श्री जे.एल.आर. पुट्टी, रजिस्ट्रार डॉ. (श्रीमती) वी. कुंजल, सहायक रजिस्ट्रार श्री यू.डी. कोवलेसेर तथा अनेक साहित्यकारों ने हमारा गर्मजोशी से स्वागत किया।

जैसा कि मैं पूर्व में विस्तार के साथ बता चुका हूँ, महात्मा गांधी संस्थान (MGI) मॉरीशस में साहित्यिक एवं सांस्कृतिक गतिविधियों की श्रीवृद्धि का प्रमुख केंद्र है।

मैं और प्रतिनिधिमंडल के सदस्यगण जब संस्थान में पहुँचे, तो देखा कि मॉरीशस के कथासम्राट् श्री अभिमन्यु ‘अनत’ और कई विशिष्ट कवि पहले ही हॉल में बैठे हुए थे।

हॉल में प्रवेश करते ही तालियों की गड़गड़ाहट से हॉल गूँज उठा। हमारे मंच पर बैठते ही कुछ ही मिनटों के पश्चात् प्रधानमंत्री डॉ. नवीन रामगुलाम ने भी हॉल में प्रवेश किया।

प्रधानमंत्री डॉ. नवीन रामगुलाम द्वारा संबोधन

अटल जी याद आ गए

प्रधानमंत्रीजी के आते ही कार्यक्रम प्रारंभ हुआ। दीप प्रज्वलन के पश्चात् विमोचन से पूर्व मेरे कहानी संग्रह 'खड़े हुए प्रश्न' की समीक्षा करते हुए डॉ. अरुण ने इस संग्रह की कहानियों का मर्म सामने रखा, तो एक बार फिर सभागार तालियों से गूँज उठा। मेरे लिए यह समारोह अविस्मरणीय था। बरबस मुझे अटलजी याद आ गए। क्योंकि जैसा मैंने पूर्व में भी बताया कि मेरे इस कथा संग्रह के हिंदी संस्करण का विमोचन भारत के तत्कालीन प्रधानमंत्री श्री अटल बिहारी वाजपेयीजी ने किया था और आज इसके फ्रैंच संस्करण का विमोचन मॉरीशस के प्रधानमंत्री डॉ. नवीन रामगुलामजी के हाथों हो रहा था। इस अवसर पर यहाँ एक काव्य गोष्ठी का भी आयोजन किया गया था।

महात्मा गांधी संस्थान के अध्यक्ष श्री द्वारका द्वारा अभ्यागतों का स्वागत किया गया। तत्पश्चात् प्रधानमंत्रीजी द्वारा मेरी पुस्तक 'खड़े हुए प्रश्न' के फ्रैंच संस्करण ***'Esperence Et Verites'*** का विधिवत् विमोचन किया गया। इस अवसर पर प्रधानमंत्रीजी के संबोधन ने मुझे भावुक कर दिया। उन्होंने कहा, "मैंने यह

'खड़े हुए प्रश्न' के फ्रैंच संस्करण 'Esperences Et Verites' का विमोचन

कहानी संग्रह पढ़ लिया है। इसमें आम आदमी का दुःख-दर्द अभिव्यक्त हुआ है।'' उन्होंने विश्वास जताया कि ''इस फ्रैंच अनूदित कहानी संग्रह से मॉरीशस के बाकी लोग भी मेरी इस पुस्तक में वर्णित जीवन का स्पर्श करनेवाली इन

प्रधानमंत्री डॉ. रामगुलाम से 'मॉरीशस सम्मान' ग्रहण करते हुए

मार्मिक कहानियों से परिचित हो सकेंगे। मैं जीवन का स्पर्श करने वाली इन मार्मिक कहानियों के रचनाकार डॉ. 'निशंक' का अभिनंदन करता हूँ।''

मॉरीशस सम्मान

'खड़े हुए प्रश्न' कथा संग्रह के फ्रैंच अनुवाद का विमोचन करने के पश्चात् प्रधानमंत्रीजी द्वारा मुझे मॉरीशस सरकार की ओर से 'मॉरीशस सम्मान' दिया गया। सम्मान लेते हुए मुझे अत्यंत गर्व का अनुभव हुआ। यह सम्मान मेरा नहीं, बल्कि पूरे भारतवर्ष और देवभूमि उत्तराखंड के जन-जन का सम्मान था।

मॉरीशसवासियों द्वारा दिए गए इस अपार स्नेह और अभूतपूर्व सम्मान के लिए मैंने अपनी विनम्र कृतज्ञता व्यक्त की। मैंने अपने संबोधन में कहा कि मैं भारत वापस लौटकर इस देश की यादें अपने साथ हमेशा सहेजकर रखूँगा और इसे अपनी जनता के बीच बाँटूँगा। साहित्य और संस्कृति को लेकर मॉरीशस तथा भारत में बहुत समानता है। भारत ने भी लंबे समय तक दासता झेली, उत्पीड़न सहे। यही स्थिति मॉरीशस की भी रही, इसलिए वहाँ का साहित्य भी संघर्ष और जनता के सरोकारों से जुड़ा हुआ है। वैसे भी साहित्यकार और साहित्य को क्षेत्र और देश की सीमाओं में बाँधकर नहीं रखा जा सकता है।

साहित्यिक सत्संग

मॉरीशस रवाना होने से पहले ही मैंने अपने कार्यक्रमों की जो मोटी-मोटी रूपरेखा तय की थी, उसमें एक बात यह सुनिश्चित कर ली थी कि हम यहाँ आकर कुछ समय साहित्यसेवियों के बीच भी जरूर बिताएँगे, ताकि साहित्य संगत भी हो जाए और एक-दूसरे के निकट आने का मौका भी मिले। इस संबंध में मैंने मॉरीशस के कथासम्राट् बड़े भाई अभिमन्यु अनत जी तथा डॉ. राजेंद्र अरुणजी आदि तक अपनी यह दिली इच्छा भी पहुँचा दी थी। उन्होंने मेरा यह निवेदन सहर्ष स्वीकार कर लिया।

इस तरह मैंने वहाँ उपस्थित दो दर्जन के करीब लेखक व कवि भाइयों को अंगवस्त्र ओढ़ाकर गंगाजलि, रुद्राक्ष की माला आदि भेंट कीं। इस छोटी सी भेंट में छुपे स्नेह और आत्मीयता ने उन्हें भाव-विभोर कर दिया। औपचारिकतावश इस

अभिनंदन का आभार जताने मॉरीशस के साहित्यकारों की ओर से डॉ. राजेंद्र 'अरुण' मंच पर आकर बड़े भावुक हो गए। वे बोले, "आज तक मॉरीशस के साहित्यकार भारत से व अन्यत्र से आनेवाले साहित्यकारों का अभिनंदन करते आए हैं, लेकिन आज एक अक्षर-साधक मुख्यमंत्री ने स्वयं भारत से आकर मॉरीशस के रचनाकारों का मॉरीशस की धरती पर अभिनंदन करके नई शुरुआत की है। मॉरीशस के साहित्यिक इतिहास में यह एक यादगार दिन जुड़ गया है।" अभिनंदन से भावुक हुए डॉ. अरुण की भावुकता कविता में फूट पड़ी—

'हम सबका अभिनंदन करके,
माँ वाणी का सम्मान किया है।
गर्वित हैं हम सब ही बंधु,
स्नेह का हमें वरदान दिया है॥'

डॉ. राजेंद्र अरुण के इस स्नेहमयी उद्‌गार से सभागार तालियों की गड़गड़ाहट से गूँज उठा।

मॉरीशस के साहित्यकारों के लिए भारत की ओर से कुछ उपहार

काव्यमयी हुई संगत

साहित्यकारों के आत्मीय अभिनंदन के पश्चात् कवि सम्मेलन शुरू हुआ। मॉरीशस के सात कवियों ने एक-एक कर अपनी उत्कृष्ट रचनाएँ सुनाकर भावविभोर कर दिया। सर्वश्री गुलशन सुखलाल, कल्पना लाल, भानुमति नागपाल, मुन्नीश्वर लाल चिंतामणी, डॉ. हेमराज सुंदर, राज हीरामन ने अपनी तुकांत-अतुकांत तथा लयबद्ध कविताओं से समाँ बाँध दिया। वहीं कवि हृदय भारतीय दूतावास के अधिकारी श्री जयप्रकाश कर्दम और हमारे प्रतिनिधिमंडल में शामिल भारतीय साहित्य अकादमी के सदस्य डॉ. योगेंद्रनाथ शर्मा अरुण ने भी अपना काव्यपाठ कर खूब वाहवाही लूटी। सभागार साहित्यमय हो गया। अंत में मुझे भी काव्यपाठ हेतु मंच पर आमंत्रित किया गया। मैंने अपनी एक संक्षिप्त कविता सुनाई—

'घने बादलों का झुरमुट तो
क्षण भर में छट जाएगा,

मेरा स्वर्णिम स्वप्न दिवस तो
सूर्य धरा पर लाएगा।
आच्छादित हो ज्योति धरा पर
श्वासों में बस जाएगी,
हर स्पंदन से कौंध-कौंध
वह अंतस में रच जाएगी।
ज्योतित होकर जब जनमानस, अँधियारा दूर भगाएगा।
मेरा स्वर्णिम स्वप्न दिवस तब, सूर्य धरा पर लाएगा।
देदीप्य धरा का कोना-कोना
जीवन पुष्प खिलाएगा,
धरती का कण-कण जीवित हो
अमृत रस बरसाएगा।
तोड़ कुहासों की कारा को, जीवन दीप जलाएगा।
मेरा स्वर्णिम स्वप्न दिवस तो, सूर्य धरा पर लाएगा। '

कार्यक्रम के अंत में मैंने सबका धन्यवाद ज्ञापित किया। मैंने कहा कि मॉरीशस की यह साहित्यिक संध्या मेरे मानसपटल पर एक अमिट स्मृति के रूप में सदैव

अंकित रहेगी।

मॉरीशस के महात्मा गांधी संस्थान का यह कार्यक्रम मेरी स्मृतियों में आजीवन जीवंत रहेगा। यहाँ राजनेता और मुख्यमंत्री से ऊपर मेरा एक साहित्यकार एवं सृजेता का रूप मुखरित हुआ, जिसने मुझे गौरवान्वित कर दिया। अब हम सभी लोगों से विदा लेकर इंदिरा रेस्टोरेंट की ओर चल पड़े। वहाँ पर हमें दो बजे पहुँचना था, किंतु हम निर्धारित समय से लगभग एक घंटे विलंब हो चुका था।

□

गोपियो भोज : बहुआयामी रिश्तों का शुभारंभ

दोपहर के तीन बज चुके थे। हमारा काफिला इंदिरा रेस्तराँ की तरफ बढ़ चला। साफ-सुथरे और एकांत क्षेत्र में बनाया गया यह अनूठा रेस्टोरेंट भारतीय शिल्पकला के साथ-साथ वास्तुकला का भी नायाब नमूना है। कटवाँ पत्थरों के साथ इसमें अधिकतर लकड़ी का इसमें इस्तेमाल किया गया है। रेस्टोरेंट के अंदर प्रवेश करते ही लगता है, जैसे गाँव स्थित हम अपने किसी पुश्तैनी घर में चले आए हों। पुरानी नक्काशी, और वही परिवेश।

प्रधानमंत्री डॉ. नवीन चंद्र रामगुलाम से 'गोपियो अंतरराष्ट्रीय असाधारण उपलब्धि सम्मान' ग्रहण करते हुए

निश्चित समय से हम लगभग एक घंटा विलंब से वहाँ पर पहुँचे। मॉरीशस के उच्चायुक्त श्री मुनेश्वर चुन्नीजी और मॉरीशस विश्वविद्यालय के चांसलर प्रो. एस. जागेश्वरजी सहित तमाम लोग हमारी प्रतीक्षा कर रहे थे। मुख्य दरवाजे पर पहुँचते ही सभी लोगों ने फूलमालाओं और गुलदस्तों के साथ खूब गर्मजोशी से स्वागत किया।

अंदर हम एक लंबे से हॉल में पहुँचे। जहाँ विभिन्न देशों के करीब चार सौ से अधिक गोपियो सदस्य मौजूद थे। मुख्य अतिथि के रूप में प्रधानमंत्री डॉ. नवीन रामगुलाम और गोपियो के अध्यक्ष महेंद्र उत्चान भी वहाँ उपस्थित हो चुके थे।

गोपियो सम्मान मेरा सौभाग्य

समारोह में गोपियो अध्यक्ष श्री महेंद्र उत्चान द्वारा प्रधानमंत्रीजी के हाथों मुझे 'गोपियो अंतरराष्ट्रीय असाधारण उपलब्धि सम्मान' प्रदान किया गया। यह सम्मान मुझे साहित्य और राजनैतिक क्षेत्र में विशेष उपलब्धियों के लिए दिया गया। मॉरीशस की धरती पर इतना प्यार, स्नेह और सम्मान पाकर मैं भावुक हो गया, साथ ही बेहद कृतज्ञ भी।

अपने उद्‍बोधन में मैंने कहा कि हमारे भारतवंशियों ने आज समूचे विश्व में अपने पुरुषार्थ और मेधा का लोहा मनवाया है। गोपियो संगठन दुनिया भर में फैले हमारी ऐसी प्रतिभाओं का संगठन है। ऐसे पुरुषार्थी और प्रखर मेधावान शख्सियतों के हाथों सम्मानित होना मेरा सौभाग्य है। मेरे लिए यह और बड़े सौभाग्य की बात होगी, अगर वे उत्तराखंड में निवेश करें। इस पर हॉल तालियों से गूँज उठा और उन्होंने हाथ उठाकर मेरा निवेदन सहर्ष स्वीकार कर लिया।

गोपियो अध्यक्ष श्री महेंद्र उत्चान ने इस अवसर पर कहा कि हम वचन देते हैं कि जल्द ही गोपियो सदस्य देवभूमि में निवेश करेंगे।

सम्मान भोज में भारतीय व्यंजन

सम्मान समारोह के पश्चात् भोज का आयोजन था। भोजन में रोटी, चावल, कढ़ी, पकोड़े और पनीर सहित कई भारतीय व्यंजन तथा मिठाइयाँ, विशेषत:

रसमलाई और रसगुल्ले भी परोसे गए थे।

भोजन के पश्चात् गोपियो सदस्यों ने हमें बेहद आत्मीयता से विदाई दी। भावुक मेजबानों ने हमें दुबारा मॉरीशस आने का निमंत्रण दिया।

अब हम होटल की ओर वापसी कर रहे थे। पाँच बजे हमें आर्य महासभा और हिंदू टेंपल कमेटी द्वारा होटल में ही आयोजित कार्यक्रम में सम्मिलित होना था।

□

अनमोल यादें : संगठनों से मुलाकात

होटल ली विक्टोरिया के प्रवेश द्वार पर पहुँचते ही हिंदू टैंपल कमेटी और आर्य महासभा के पदाधिकारियों से बहुत स्नेह से मुलाकात हुई। अभिनंदन का एक संक्षिप्त सा कार्यक्रम रखा गया था। उनके इस कार्यक्रम में मॉरीशस की धार्मिक संस्थाओं के प्रमुख पदाधिकारीगण एवं सदस्य मौजूद रहे।

होटल के एक हॉल में यह सम्मान कार्यक्रम उनके द्वारा हमारे लिए आयोजित किया गया था। कहने को यह सम्मान कार्यक्रम था, पर आज हमारी वापसी को

सम्मान-पत्र प्रदान करते हुए हिंदू टेंपल कमेटी के अध्यक्ष श्री रामबरन

लेकर हर कोई बेहद भावुक था। लग रहा था मानो हम घर से विदा हो रहे हैं।

हिंदू टेंपल कमेटी के अध्यक्ष श्री रामबरन द्वारा सभी संगठनों की ओर से मुझे सम्मान-पत्र प्रदान किया गया और प्रतिनिधिमंडल के सभी सदस्यों को भी एक-एक स्मृति-चिह्न भेंट किया गया। मेरी आँखें छलछला आईं। मैंने इन आत्मीय उपहारों को अपने सीने से लगा लिया।

माहौल जितना आत्मीय था, अब उतना ही भावुक भी हो गया। बिछुड़ने की कसक हमें भी भीतर से कचोट रही थी। सच में इन तीन दिनों में हमें लगा ही नहीं कि हम भारत से कहीं बाहर हैं।

इस अवसर पर लगभग सभी लोग कुछ-न-कुछ बोले। मैं मॉरीशसवासियों के अपार प्रेम, अतिथि-सत्कार और सम्मान के आगे कृतज्ञ था। मैंने उनके आतिथ्य और सम्मान को नमन किया। फिर सभी लोगों को भारत की धरती, खासतौर से देवभूमि उत्तराखंड में चल रहे महाकुंभ मेला-2010 में पधारने का आमंत्रण दिया। मैंने उन्हें बताया कि इस सदी का यह पहला महाकुंभ पहली जनवरी 2010 से शुरू हुआ है और आगे 30 अप्रैल, 2010 तक चलेगा। मेरे इस हार्दिक आमंत्रण से गद्‌गद हिंदू टेंपल कमेटी के अध्यक्ष श्री रामबरन एवं सदस्यों समेत तमाम लोगों ने इसे सहर्ष स्वीकार किया।

कार्यक्रम की समाप्ति के पश्चात् सभी लोगों ने गले मिलकर हम सबको भावभीनी विदाई दी।

□

समुद्र बीच पर चहलकदमी : घूमने के नाम पर बस इतना ही

शाम के छह बज चुके थे। हमारे पास लगभग एक घंटे का समय शेष था। सात बजे हमें भारतीय उच्चायुक्त श्री गणपति के यहाँ भोज पर जाना था। मैंने अपने साथ चल रहे भारतीय उच्चायोग के अधिकारी श्री जयप्रकाश कर्दम को यह समय सात की जगह साढ़े सात बजे तय कर उच्चायोग को सूचित करने को कहा।

मुझे बताया गया था कि मॉरीशस में सूर्यास्त (सनसेट) का दृश्य समुद्र तट से बड़ा ही मनोहारी लगता है। कुछ ने कहा कि आप पूरा मॉरीशस घूम लीजिए, लेकिन समुद्र तट से अगर आपने सूर्यास्त का आनंद नहीं लिया, तो समझिए आपका मॉरीशस-भ्रमण अधूरा है।

इन तीन दिनों में अत्यंत व्यस्त कार्यक्रमों के चलते हम मॉरीशस नहीं घूम पाए। जगह-जगह जाना और कार्यक्रमों में भाग लेना इतना आपाधापी भरा रहा कि पता ही नहीं चला कि कब तीन दिन निकल गए।

मॉरीशस के बारे में मुझे बताया गया कि यह एक अत्यंत खूबसूरत द्वीप है। छोटा सा द्वीप। 65 किलोमीटर लंबे और 45 किलोमीटर चौड़े भूभाग वाले इस द्वीप को प्रकृति ने बेशुमार सुंदरता दी है। लंबे-चौड़े समुद्र तट और दूर-दूर तक फैली चमकती हुई सफेद रेत, हरियाली से लिपटी हुई छोटी-छोटी पहाड़ियाँ देखकर मन को असीम आनंद की अनुभूति होती है और आँखों को सुकून मिलता है।

इतने छोटे भूभाग के अंदर भी अनेक पर्यटन-स्थल हैं। विश्व भर से पर्यटक यहाँ आते हैं और दिल खोलकर खर्चा करते हैं। पर्यटन ही यहाँ की आर्थिक स्रोत

की रीढ़ है। अपने सुधी पाठकों को इन रमणीक स्थलों की जानकारी देना मैं अपरिहार्य समझता हूँ।

ग्रैंड बे

मॉरीशस के उत्तर-पश्चिमी तट पर स्थित ग्रैंड बे यहाँ का एक प्रमुख पर्यटक स्थल है। विशाल समुद्र और दूर-दूर तक फैली चमकती सफेद रेत यहाँ पर्यटकों को खींच लाती है। यहाँ दिन-रात रौनक लगी रहती है। यहाँ एक सुसज्जित बाजार है, जहाँ पर फैशन के कपड़े और हस्तशिल्प का सामान प्रमुखता से बिकता है। ग्रैंड बे पर वाटर स्पोर्ट्स, स्कूवा ड्राइविंग तथा स्नो कर्लिग का पर्यटक खूब आनंद उठाते हैं।

फोक म्यूजियम ऑफ इंडियन माइग्रेशन

महात्मा गांधी संस्थान द्वारा संचालित फोक म्यूजियम ऑफ इंडियन माइग्रेशन में भारतीयों द्वारा मॉरीशस में आने और फिर यहीं बस जाने के अभिलेख रखे हुए हैं। इसकी स्थापना 1991 में हुई। यह मॉरीशस म्यूजियम कॉन्सिल ऐक्ट-2000 के अंतर्गत गठित है। इसकी स्थापना मॉरीशस में रहने वाले भारतीयों की सांस्कृतिक ऐतिहासिक और बौद्धिक विकास को सुरक्षित रखने के उद्देश्य से की गई है।

कसेला पक्षी उद्यान

मॉरीशस के रिवेयर नोयस जिले में स्थित यह उद्यान 25 एकड़ क्षेत्रफल में फैला हुआ है, जो कि रैंपर्ड माउंटेन के किनारे स्थित है।

इस उद्यान में ऑस्ट्रेलिया, अफ्रीका और एशिया से लाए गए पक्षियों की 140 से अधिक प्रजातियाँ रखी गई हैं। इसमें विलुप्तप्राय लंबी गरदन वाला गुलाबी कबूतर भी शामिल है। उद्यान से ही लगी हुई एक छोटी सी झील है। उद्यान के अंदर ही एक चिड़ियाघर है, जिसमें हिरन, बाघ, बंदर आदि रखे गए हैं।

ब्लैक रिवर जॉर्ज राष्ट्रीय पार्क

मॉरीशस के जंगलों को बचाने के उद्देश्य से इस पार्क की स्थापना की गई है। 6500 हेक्टेयर से अधिक क्षेत्र वाले इस पार्क की प्राकृतिक सुंदरता देखते ही

बनती है। यहाँ पर अनेक प्रकार के पौधे और पक्षियों को देखा जा सकता है। पार्क के अंदर पैदल भ्रमण के लिए सुंदर रास्ते बनाए गए हैं। इसी पार्क से एक रास्ता मॉरीशस द्वीप की सबसे ऊँची चोटी ब्लैक रिवर पीक तक जाता है। इस पार्क का निर्माण सन् 1994 में हुआ था।

पैंपल माउसेस गार्डन

इस उद्यान की स्थापना 300 वर्ष पूर्व एक फ्रैंच गवर्नर ने की थी। यहाँ अनेक प्रकार के दुर्लभ पौधे हैं। साम्राज्यवादी शासन के समय यहाँ पर बागवानी से संदर्भित रिसर्च भी कराई जाती थी।

सेवन कलर अर्थ

सेवन कलर अर्थ यानी सात रंग की धरती मॉरीशस का एक महत्त्वपूर्ण पर्यटन स्थल है। पूरे विश्व में यह एकमात्र स्थान है, जहाँ पर सात रंग की मिट्टी एक साथ देखी जा सकती है। लाल, काली, पीली, हरी, नीली, भूरी और सफेद रंग की मिट्टी एक ही स्थान पर देखकर पर्यटकों को अत्यंत हैरानी होती है। ऐसा लगता है मानो यहाँ पर अभी-अभी होली खेली गई हो। सुबह के समय इसमें सूरज की किरणे पड़ने से इंद्रधनुषी रंग और भी चमकदार और आकर्षक लगते हैं।

चेमेरल फॉल

मॉरीशस के पश्चिमी छोर पर बसा हुआ चेमेरल गाँव मॉरीशस के वास्तविक जीवन का एक आईना है। यहीं पर अफ्रीकी मूल के लोग निवास करते हैं। इनके पूर्वजों को अफ्रीका के वोजांबिक इलाकों से दास बनाकर लाया गया था। इस गाँव के जंगल के बीचोबीच एक झरना है, जहाँ पर एक अलौकिक सुख की अनुभूति होती है। ऐसा लगता है जैसे यह कोई दूसरा ही लोक हो।

यूरोका क्रियोल हाउस

यह एक अतिसुंदर विशाल इमारत है, जो कि मोका की पहाड़ियों पर अवस्थित है। चारों ओर से सुंदर बगीचों और झरनों से घिरा हुआ यह भवन दर्शनीय है। यह

अप्रतिम सौंदर्य समेटे चेमेरल फॉल

मॉरीशस द्वीप का सबसे बड़ा भवन है, जिसमें 109 खिड़कियाँ व दरवाजे हैं। इसका निर्माण 1830 में किया गया।

इस तरह कार्यक्रमों में आते-जाते हुए ही हम मॉरीशस को देख पाए थे। मन तो था कि मॉरीशस की अद्‌भुत प्राकृतिक छटा को जी भरकर निहारें, लेकिन समय की कमी हमारी विवशता थी। श्रेयसी और विदुषी को भी शिकायत थी कि पिताजी कहीं घुमा नहीं पाए। इसीलिए आखिरी दिन वे अपनी उत्कंठा दबा नहीं पाए और पूछा, 'मॉरीशस में सबसे प्रसिद्ध क्या है?' शायद उनका मन कुछ खास स्थल देख लेने का रहा होगा। पर मैंने जवाब दिया, 'चीनी'। मॉरीशस चीनी के लिए दुनिया में प्रसिद्ध है। पर्यटन के अलावा यही उसकी आय का मुख्य स्रोत भी है। मैं बच्चों की पीड़ा जानता था कि उन्हें सैर-सपाटे पर नहीं ले जा पाया, इसलिए मजबूरीवश मैं उनका सवाल टाल सा गया।

वह सुनहरी शाम

कुछ देर बाद मैंने बच्चों को समुद्र तट पर घूमने को कहा, तो वह झट तैयार हो गए। मैं, कुसुम और दोनों बेटियाँ होटल से उतरकर समुद्र तट पर जा पहुँचे। हमारे सामने विशाल समुद्र हिलोरें ले रहा था। संध्या का समय था, फिर भी कुछ स्त्री-पुरुष घुटने-घुटने पानी तक समुद्र में उतरकर अठखेलियाँ कर रहे थे। दूर पहाड़ियों के पीछे सूर्यदेव अपनी दिवस-यात्रा के अंतिम पड़ाव पर थे।

सूर्य की लाल रश्मियाँ समुद्र को रक्तिम आभा से रँग गईं। एक पल के लिए मैं यह दिलकश नजारा देखता ही रह गया।

हमने रेत पर नंगे पैर काफी दूर तक धीरे-धीरे चहलकदमी की। रेत पर चलना बड़ा ही आनंददायी लग रहा था। चारों तरफ नारियल और ताड़ के वृक्षों के ऊपर पक्षी कलरव कर रहे थे। समुद्र में दूर-दूर तक कई नावें और जहाज नजर आ रहे थे। पूरा दृश्य किसी सुंदर मनोहारी पेंटिंग सा नजर आ रहा था। इन नयनाभिराम दृश्यों को मैंने परिवार सहित कैमरे में कैद कर लिया।

सूर्यदेव ज्यों-ज्यों अस्ताचल की ओर प्रस्थान कर रहे थे, त्यों-त्यों प्राकृतिक दृश्य और भी रमणीक होता जा रहा था। समुद्र की लालिमा अब और गहरा गई थी। दूर समुद्र में दिखती नावें और किश्तियाँ अब छाया के रूप में अत्यंत सुंदर नजर आ रही थीं।

तट पर बच्चों के साथ आनंद लेते हुए समय का पता ही नहीं चला। तभी मेरे सहयोगी ने आकर स्मरण दिलाया कि समय हो चुका है। मैंने घड़ी देखी और डूबते सूर्य को नमन करके हम वापस लौट आए।

सचमुच व्यस्तताओं के बीच मिले इस प्राकृतिक आनंद ने मेरे अंदर नई स्फूर्ति भर दी। बच्चे प्रसन्न हो गए, चलो अंतिम दिन कुछ पल तो मिले समुद्र के किनारे खेलने के लिए।

□

भारत-मॉरीशस : एक-दूसरे की जरूरत

भारत के उच्चायुक्त श्री मधुसूदन गणपतिजी से मेरा पहले से ही परिचय था। दिल्ली में एक बार उनसे मेरी भेंट हुई थी। पहली मुलाकात में ही भारतीय विदेश सेवा के कुशल अधिकारी के रूप में श्री मधुसूदन से मैं काफी प्रभावित हुआ। वे एक शांत, सौम्य और मधुर व्यवहारवाले कुशल अधिकारी हैं। मॉरीशस में श्री गणपति मेरे अन्य कार्यक्रमों में भी निरंतर शामिल होते रहे। भारतीय उच्चायोग के अधिकारी डॉ. जय प्रकाश कर्दम तीन दिनों से लगातार हमारे ही साथ हैं। डॉ. कर्दम एक अच्छे कवि और साहित्यकार के साथ-साथ बहुत कर्तव्यनिष्ठ और भावुक इनसान भी हैं। इसके साथ ही उन्हें मॉरीशस के साहित्य, संस्कृति और इतिहास की भी बहुत अच्छी जानकारी हो गई है। समय-समय पर उन्होंने मुझे मॉरीशस के बारे में काफी कुछ बताया, जो मुझे इस पुस्तक के लेखन में काफी सहायक सिद्ध हो रहा है।

चूँकि इसी रात हमारी वापसी भी होनी थी, इसलिए भारतीय उच्चायोग ने हमें रात्रि भोजन पर सम्मान सहित आमंत्रित किया था। जिमखाना क्लब में इस सम्मान-भोज का आयोजन किया गया। होटल में अपनी स्वदेश वापसी की तैयारियों को अंतिम रूप देते हुए हमें जिमखाना क्लब जाना था, क्योंकि फिर भोजन के पश्चात् हमें वहीं से सीधा एयरपोर्ट पहुँचना था।

जिमखाना क्लब में हम ठीक आठ बजे पहुँचे। उच्चायुक्त श्री गणपति, प्रधानमंत्री कार्यालय के आयुक्त श्री राधेमोहन ननकू, उप उच्चायुक्त श्री प्रशांत पिसे सहित सभी अधिकारीगण वहाँ मौजूद थे।

भोज भी, सार्थक चर्चा भी

भोज में प्रतिनिधिमंडल के अतिरिक्त उच्चायोग के लगभग दस अधिकारी शामिल थे। गरमागरम सूप की चुस्कियों के साथ चर्चा का दौर भी शुरू हुआ। चूँकि हमारे पास अभी दो घंटे का समय शेष था, इसलिए भोजन की कोई खास जल्दी नहीं थी।

इसी दौरान मॉरीशस की सबसे बड़ी धार्मिक संस्थाओं में प्रमुख संस्था 'स्वास्तिक' के प्रधान आचार्य रामेश्वर दासजी सपरिवार मुझसे मिलने जिमखाना क्लब पहुँचे। आचार्य दासजी ज्योतिर्मठ पीठ के शंकराचार्य श्री माधवाश्रमजी के परम शिष्य हैं। यहीं पर हमें श्री सतपाल महाराज के शिष्य मिले, जिन्होंने बताया कि यहाँ नियमित सत्संग होता है। उन्होंने आश्रम में आने का भी मुझे न्योता दिया।

भोजन परोसे जाने तक श्री गणपति से मेरी विभिन्न विषयों पर बातचीत हुई। खासकर हिमालय और गंगा पर गणपतिजी से गंभीर विचार-विमर्श हुआ। प्रतिनिधि मंडल के सदस्यों ने भी इस सारी चर्चा में भाग लिया। साहित्य और संस्कृति पर भी खूब चर्चा हुई। चर्चा इस तरह चल रही थी मानो यह खाने की टेबिल नहीं, कॉन्फ्रेंस टेबिल हो।

भारतीय उच्चायुक्त के साथ भोजन

यहाँ जिमखाना क्लब वास्तव में ऐसा स्थान है, जहाँ संभ्रांत वर्ग के लोग मनोरंजन और तैराकी आदि के लिए आते हैं। औपचारिक भोज से पूर्व जब सॉफ्ट ड्रिंक्स तथा सूप हमें दिया जा रहा था, तो मुझे लगा कि भारत के उच्चायुक्त श्री गणपति से मॉरीशस राष्ट्र के विषय में कुछ और जानकारियाँ ले लूँ, ताकि इसका उपयोग मैं उत्तराखंड लौटकर इस यात्रा पर अपनी पुस्तक लिखने में कर सकूँ।

हमारा सच्चा साथी

मैंने श्री गणपति से जानना चाहा कि वर्तमान परिप्रेक्ष्य में मॉरीशस का महत्त्व भारत के लिए किस रूप में इतना अधिक है, तो उन्होंने राजनीतिक, व्यापारिक व सामरिक महत्त्व के साथ-साथ इसके सांस्कृतिक पक्ष की भी पुरजोर वकालत की। उन्होंने बताया कि आज यहाँ 70 फीसदी आबादी जरूर भारतवंशियों की है, मगर सरकारी कामकाज फ्रैंच में और व्यापार अंग्रेजी में होता है। इसका कारण है यह अंग्रेजी उपनिवेश रहा है, तो फ्रांस से इसी शर्त पर यहाँ का सत्ता हस्तांतरण हुआ था कि वह फ्रैंच को भी राजभाषा बनाए रखेंगे। उन्होंने आगे कहा कि आज भारत और मॉरीशस भी अपने सांस्कृतिक रिश्तों के बल पर और निकट आ सकते हैं। हिंद महासागर में मॉरीशस भारत के लिए बहुत महत्त्वपूर्ण देश है। वह आज सारे भारतवंशी देशों को एकजुट कर रहा है।

उन्होंने एक और महत्त्वपूर्ण बात यह बताई कि संयुक्त राष्ट्र सुरक्षा परिषद् में भारत की दावेदारी का मॉरीशस लगातार पूरी दृढ़ता से समर्थन करता आ रहा है और सुरक्षा परिषद् के 64वें अधिवेशन में 25 सितंबर, 2009 को प्रधानमंत्री डॉ. नवीनचंद्र रामगुलाम ने पूर्ण दृढ़ता के साथ सुरक्षा परिषद् की 'स्थायी सदस्यता' के लिए भारत की दावेदारी का प्रबल समर्थन किया। मॉरीशस हिंदी को भी संयुक्त राष्ट्रसंघ की भाषा बनवाने की लड़ाई लड़ रहा है।

इसी के साथ आतंकवाद से लड़ाई के मुद्दे पर मॉरीशस निरंतर भारत को अंतरराष्ट्रीय मंचों पर खुला समर्थन देता रहा है। यहाँ भारतीय नौसेना के लिए हिंद महासागर में 'मैत्रीपूर्ण तट' की सुविधा हमें प्राप्त है। सन् 1974 के एक समझौते के अंतर्गत भारत की नौसेना और वायुसेना के अधिकारी मॉरीशस में प्रतिनियुक्ति पर आते हैं।

भोजन की मेज पर भी सार्थक चर्चा

मॉरीशस सरकार ने भारत से आनेवाले पर्यटकों को 60 दिन के लिए 'वीजा फ्री एंट्री' की सुविधा दी है, भारत एवं मॉरीशस में मित्रता और सहयोग बढ़ रहा है। हमारी चर्चा के बीच उच्चायोग के उप उच्चायुक्त श्री प्रशांत ने हमें भोजन के लिए निमंत्रित किया।

अब लौटने की तैयारी

भोजन में मॉरीशस के व्यंजनों के साथ ही भारतीय व्यंजन भी परोसे गए, जिन्हें हमने बड़े चाव से खाया। भोजन के पश्चात् हम लोगों ने कुछ और औपचारिक बातें कीं और जाने के लिए तैयार हो गए। एयरपोर्ट यहाँ से 70 कि.मी. दूर है। रास्ता काफी लंबा था। इसलिए हम समय से पूर्व ही एयरपोर्ट पहुँच जाना चाहते थे। रात्रि के नौ बजकर 30 मिनट हो चुके थे। इसलिए बिना देरी किए हम लोग एयरपोर्ट की ओर बढ़ चले। श्री गणपति सहित वहाँ उपस्थित अधिकारी भी हमारे साथ हो लिये। यहाँ पर बहुत सारी संस्थाओं के लोगों से गले मिलकर हमने विदाई ली। □

विदाई की वेला : फिर आना मॉरीशस

लगभग सवा घंटे का सफर तय करके हम ठीक 10:50 मिनट पर एयरपोर्ट पहुँचे। यों तो मॉरीशस से भारत के लिए सीधी उड़ान है, किंतु आज के दिन सीधी उड़ान नहीं थी। इसलिए हमें भारत पहुँचने के लिए दो उड़ान लेनी थीं। पहली मॉरीशस से दुबई और दूसरी दुबई से दिल्ली।

एयरपोर्ट पहुँचकर हमें मॉरीशसवासियों का वही आतिथ्य-सत्कार एवं आदर यहाँ भी देखने को मिला, जिससे हम पूरी यात्रा के दौरान रूबरू हुए। मॉरीशस

मेजबानों से विदाई लेते हुए

विदाई देते 'स्वास्तिक' संस्था के प्रधान आचार्य श्री रामेश्वर दासजी भी भावुक हो उठे

के उद्योग मंत्री धर्मवीर गोकुल, शिक्षा एवं संस्कृति मंत्री डॉ. बसंत कुमार बनवारी, भारतीय उच्चायुक्त श्री मधुसूदन गणपति, मॉरीशस के उच्चायुक्त श्री एम. चुन्नी, भारतीय उच्चायोग के अधिकारी श्री जय प्रकाश कर्दम, हिंदू टेंपल कमेटी, ह्यूमन सर्विस ट्रस्ट, स्वास्तिक संस्था आर्य महासभा तथा सनातन धर्म हिंदू महासभा के तमाम पदाधिकारियों समेत अनेक मॉरीशसवासी भी एयरपोर्ट पर हमें विदा करने के लिए मौजूद थे। एयरपोर्ट पर एक बार फिर हमारी विदाई के वक्त माहौल बड़ा भावुक हो गया। 11:20 मिनट पर हमें मॉरीशस की इस धरती से विदा लेनी थी। चाय पीने के पश्चात् हम लोगों ने सबसे विदा ली।

सच पूछिए तो मॉरीशस की धरती को छोड़ते हुए मेरा हृदय भावावेग से भर उठा था। अब तक की यात्रा के सारे दृश्य एक-एक कर मेरी आँखों के सामने आ गए। मॉरीशस पहुँचने से लेकर राष्ट्रपति भवन, प्रधानमंत्री आवास, गंगा तलाव, ले मॉर्न, महात्मा गांधी संस्थान, गोपियो सम्मेलन, ह्यूमन सर्विस ट्रस्ट, जिन-जिन स्थानों का भी हमने भ्रमण किया था या रुके थे, वहाँ मॉरीशसवासियों ने हमें जो प्यार और आदर दिया, वह सुनहरी यादों के रूप में मेरे मन-मस्तिष्क

में अंकित हो चुका था।

इन सभी यादों के बीच मुझे और मेरे सभी सहयोगियों को एयरपोर्ट पर आए सभी मेजबानों ने अश्रुपूर्ण नेत्रों से विदाई दी और एक बार फिर से मॉरीशस आने का न्योता भी दिया। हृदय में बार-बार भावनाओं का ज्वार उमड़ रहा था। लग रहा था जैसे हम अपनों से कहीं दूर जा रहे हों। एयरपोर्ट पर आए एक-एक व्यक्ति ने मुझे गले लगाया। उन सभी लोगों के चेहरे पर उभर आए भावों से साफ प्रतीत हो रहा था कि इस क्षण वे सब भी किस तरह व्यथित हैं। मुझे अगले दिन 12 फरवरी को हरिद्वार महाकुंभ में पहले शाही स्नान पर हर हाल में मौजूद रहना था। इसलिए उनका एक दिन और रुककर यहाँ घूमने का आग्रह मैं स्वीकार नहीं कर पाया।

इन तीन दिनों में मॉरीशस के उच्चायोग के अधिकारियों से लेकर सुरक्षाधिकारियों और हर उस व्यक्ति से हमारा गहरा लगाव हो चुका था, जो इस यात्रा में हमारे साथ था। जब उन्हें विदा करने के लिए हमारे हाथ उठे, तो हमारी आँखें भी अनायास ही भर आईं। आखिर इन तीन दिनों में हम एक परिवार की तरह ही तो रह रहे थे और परिवार से दूर होने में पीड़ा का अहसास तो हर प्राणी को होता ही है।

बहरहाल, रात के ठीक 11:20 मिनट पर हवाई जहाज ने उड़ान भरी। भारी मन से हम सब भी मॉरीशस की धरती को छोड़ रहे थे। विमान ने रनवे पर दौड़ लगाई और कुछ ही क्षण में मॉरीशस की धरती को नमन करते हुए हमने लघु भारत से महान् भारत के लिए उड़ान भर दी। अब हम मॉरीशस के आसमान में थे। आसमान से रोशनी में नहाया हुआ मॉरीशस ऐसे लग रहा था, मानो हिंद महासागर में आसमान के सितारों की परछाईं दमक रही हो।

□

अमिट अनुभूतियाँ : दिल में समाया मॉरीशस

जैसे-जैसे विमान आसमान में आगे बढ़ा, मॉरीशस का स्वप्निल दृश्य आँखों से ओझल होता हुआ धीरे-धीरे दिल की अतल गहराइयों में उतरकर गुदगुदाने लगा। अपूर्व अनुभूतियों से भर आया भावनाओं का यह घट कहीं छलक न पड़े, मेरी आँखें स्वत: ही मुँद गईं। जहाज में बैठे-बैठे ही मैं फिर वहीं पहुँच गया। उन्हीं भारतवंशियों के बीच, जिन्हें न हमसे यह आठ-दस पीढ़ियों का यातना भरा सफर जुदा कर पाया और न सबकुछ लील जानेवाले महासागर का 4000 किलोमीटर लंबा दुरूह फासला।

कुछ ही पलों का मिलन और हम ऐसे घुल-मिल गए, मानो जन्मों से एक-दूसरे को जानते हों। मैं इस आत्मीय लगाव को देखकर दंग रह गया। आज जब हम गाँवों से लगे शहरों में आकर बदल गए हैं। एक पीढ़ी में हमने कई पीढ़ियों के फासले बना दिए हैं, ऐसे में दो सौ साल बाद भी रिश्तों, परंपराओं, संस्कृति, संस्कारों की गरमाहट मुझे अभिभूत कर गई। मैं भारत माँ की माटी के इन अनन्य दूतों के बीच खो गया। इन भारतवंशियों में मुझे अपने उन पुरखों का पावन अंश नजर आने लगा, जिन्होंने भारतीय सनातन संस्कृति को न सिर्फ सदियों जीवंत बनाए रखा, बल्कि आगे भी बढ़ाते रहे। आज यहाँ यूरोपीय, अफ्रीकी, एशियाई महाद्वीपों के लोगों के बीच भी वह न सिर्फ भारतीय धर्म-संस्कृति से अभिन्न जुड़े हैं, बल्कि भारतीय नामों का वरण भी किए हैं। इन तीन दिनों में मुझे यह अहसास ही नहीं हुआ कि मैं भारत से कहीं बाहर हूँ, और जब विदा हुआ, तो लगा जैसे

अपने घर-परिवार से विदा ले रहा हूँ।

अपने पुरखों की धरती से आए अजनबियों से इतना अपनापन, इतना लगाव मुझे अपनी देवभूमि की उन माँ-बहनों की याद दिला गया, जो मायके से आए किसी अपरिचित को पाकर इसी तरह भावविह्वल हो उठती हैं। मॉरीशस में मिले आत्मीय आतिथ्य का एक-एक पल जैसे सजीव हो उठा। महामहिम राष्ट्रपति और प्रधानमंत्री के आतिथ्य सम्मान ने तो यह दिखा दिया कि अतिथि को वे तराजू के पलड़ों पर नहीं, आँखों की पलकों पर तौलते हैं। यह स्वतःस्फूर्त आतिथ्य मुझे आजीवन गुदगुदाता रहेगा।

भारतीय संस्कृति, भारतीय भाषा के प्रति मॉरीशसवासियों का जुनून उनकी भावी पीढ़ियों को ही नहीं बल्कि भारतवासियों और भारत के अन्यत्र बसे हिंदी-भाषियों को भी प्रेरित करता रहेगा। यह भारत से गहरे लगाव का ही परिचायक है कि भारत से बाहर अंतरराष्ट्रीय आर्य महासम्मेलन यहीं हुआ है। सबसे पहले हिंदी भाषा को संयुक्त राष्ट्र में मान्यता दिलाने का प्रस्ताव भी मॉरीशस सरकार ने पारित किया, और यहीं भारत के बाद पहली बार विश्व हिंदी सम्मेलन संपन्न हुआ।

एक के बाद एक भारतीयता से ओतप्रोत प्रसंग ज्यों-ज्यों मेरे मन-मस्तिष्क में कौंधते जाते, मॉरीशसवासियों के प्रति मेरा लगाव और गहराता जाता। आज यहाँ महात्मा गांधी संस्थान है, विश्व हिंदी सचिवालय है। भारतीय महापुरुषों के नाम से भवन, सड़कें और महत्त्वपूर्ण मार्ग हैं। माँ गंगा की तरह ही पावन 'गंगा तलाव' है, तेरहवाँ ज्योतिर्लिंग है। भारतीय संस्कृति के प्रतीक होली, दीवाली और महाशिवरात्रि पर्व हैं। हिंदी साहित्य को समृद्ध करने में जुटी समर्पित साहित्यिक बिरादरी है। भारतीयता की अनुपम आभा बिखेरते इन रत्नों से जड़ित ताज में एक और रत्न है—राष्ट्रपिता महात्मा गांधी के नमक सत्याग्रह (डांडी मार्च) की तिथि से जुड़ी मॉरीशस के स्वतंत्रता दिवस और गणतंत्र दिवस की तारीख 2 मार्च। पुरखों की धरती भारत और उसके राष्ट्रपिता के प्रति इससे बड़ा सम्मान और क्या हो सकता है!

भारतवंशियों का अपने पुरखों के प्रति यह 'भगीरथ गोत्रीय' समर्पण मेरे दिल में हमेशा-हमेशा के लिए दर्ज हो गया। इन संस्कारों के लिए उन पुरखों को कोटि-कोटि प्रणाम, जिन्होंने अपने जीवन की बाजी लगाकर न सिर्फ मॉरीशस को दासता

की बेड़ियों से मुक्त कराया, बल्कि अपने पुरुषार्थ से उसे समृद्ध मॉरीशस के साथ ही संस्कारित लघु-भारत में भी बदल दिया। भावनाओं के इस ज्वार में हिलोरें लेते-लेते कब दुबई पहुँच गए, पता ही नहीं चला।

स्थानीय समय के अनुसार रात्रि के ढाई बज रहे थे। विमान से उतरने के पश्चात् हम वी.आई.पी. लाउंच में आ गए। यहाँ पर हमने हाथ-मुँह धोए, चाय पी और कुछ देर आराम किया। दुबई से भारत के लिए हमारी उड़ान ढाई घंटे बाद थी। समय व्यतीत करने के उद्देश्य से मैं बच्चों के साथ एयरपोर्ट पर घूमने निकल गया।

दुबई का एयरपोर्ट दुनिया के खूबसूरत हवाई अड्डों में से एक है। रात्रि के ढाई बजे एयरपोर्ट पर खूब चकाचौंध और रौनक थी। घूमते हुए बच्चों ने इस दौरान कुछ खरीददारी भी कर ली।

पाँच बजे हम दूसरे विमान में सवार हो गए। साढ़े पाँच बजे विमान ने भारत के लिए उड़ान भरी। आसमान से दुबई शहर रोशनी में नहाया हुआ अत्यंत खूबसूरत लग रहा था। मुझे अहसास हुआ कि क्यों दुबई को दुनिया के सबसे सुंदर शहरों में शुमार किया जाता है। एक घंटे पश्चात् विमान ठीक हिंद महासागर के ऊपर था। आसमान की असीम ऊँचाइयों से सागर की विशाल जलराशि के मध्य बड़े-बड़े समुद्री जहाज माचिस की डिब्बियों की तरह नजर आ रहे थे।

इस बीच केबिन क्रू स्टाफ ने हमारी सीटों पर नाश्ता भी परोस दिया। जिसे हमने तसल्ली से खाया।

□

स्वदेश वापसी : महाकुंभ की चुनौती

भारतीय समयानुसार सुबह के करीब दस बजे विमान भारत की धरती पर उतरा। इंदिरा गांधी अंतरराष्ट्रीय एयरपोर्ट पर हमारी आगवानी के लिए कई लोग मौजूद थे, जिनमें हमारी पार्टी के पदाधिकारी, कार्यकर्ता, उत्तराखंड के अधिकारीगण, मेरे इष्ट-मित्र और शुभचिंतक उपस्थित थे। हम कार द्वारा सबसे पहले उत्तराखंड निवास गए। यहाँ प्रतिनिधिमंडल ने चाय पी और हाथ-मुँह धोए।

नई दिल्ली से दोपहर दो बजे हम सब अपने राजकीय विमान से देहरादून के लिए रवाना हुए। मुझे बताया गया था कि जॉलीग्रांट हवाई अड्डे पर भी काफी संख्या में लोग हमारी आगवानी के लिए पहुँच चुके हैं। करीब पौन घंटे के सफर के बाद जैसे ही हम जॉलीग्रांट हवाई अड्डे पर पहुँचे, तो वहाँ हजारों की संख्या में लोग हमारी प्रतीक्षा में तैयार खड़े थे।

राज्य के मंत्रीगणों से लेकर दायित्वधारी, विधायक, संगठन के पदाधिकारी एवं कार्यकर्ताओं समेत कई साहित्यकार तथा काफी संख्या में लोग यहाँ मौजूद थे। हवाई जहाज से उतरते ही लोगों ने हमारा स्वागत किया और मुझे घेर लिया। उस वक्त मुझे वास्तव में गर्व की अनुभूति हो रही थी, क्योंकि मैं एक मुख्यमंत्री के रूप में मॉरीशस जाकर राज्यहित में कई मुद्दों पर बेहद सफल और लाभदायक बात करके आया था, जिसका मुझे संतोष था। जॉलीग्रांट एयरपोर्ट से बाहर निकले, तो हमारे वाहन के पीछे चल रहे वाहनों ने एक काफिले का रूप ले लिया था।

जॉलीग्रांट से देहरादून शहर की ओर आते-आते रास्ते में कई जगह पर हमें शुभकामना देने के लिए लोग खड़े थे। वाहनों को रोककर मैंने हर जगह पर लोगों का अभिवादन स्वीकार किया। गाड़ियों, मोटरसाइकिलों का काफिला बढ़ता ही जा

रहा था। लोगों से मिलते-मिलाते जॉलीग्रांट से देहरादून पहुँचने में हमें डेढ़ घंटे से अधिक समय लग चुका था।

हमारा काफिला जब मेरे यमुना कॉलोनी आवास पर पहुँचा तो यहाँ भी सैकड़ों लोग शुभकामना देने के लिए तैयार थे। मैंने भी एक-एक व्यक्ति की शुभकामना ली। इतने लंबे सफर के बाद मैं काफी थक चुका था, लेकिन 'आराम हराम है' का नारा फिर मेरे मन-मस्तिष्क को झकझोरने लगा। मुझे अभी बहुत से काम निपटाने हैं। कई फाइलें देखनी हैं, राज्य की गतिविधि और प्रगति का हाल जानना है। कई महत्त्वपूर्ण लोगों और प्रतिनिधिमंडलों से मुलाकात करनी है। हाँ, रोज की तरह आवास पर मिलने आए हुए कई लोगों के दु:ख-दर्द भी सुनने हैं।

चार दिन बाद मैं अपने राज्य में लौटा हूँ, उसकी भरपाई के लिए मुझे चार दिन तक दोगुनी मेहनत करनी है। अब नहा-धोकर मैं पूरी तरह से तरोताजा हूँ, उन सपनों को साकार करने के पथ पर आगे बढ़ने के लिए, जो मैं अपने प्यारे उत्तराखंड की समृद्धि के लिए निरंतर देखता हूँ।

यहाँ हरिद्वार में महाकुंभ चल रहा था। दुनिया का यह सबसे बड़ा आयोजन वाकई बड़ा चुनौतीपूर्ण था। एक नवोदित राज्य के लिए तो और भी ज्यादा। प्रदेश का मुखिया होने के नाते मेरा सारा ध्यान इसी ओर था। महामहिम राष्ट्रपति अनिरुद्ध जगन्नाथजी का वहाँ के राष्ट्रीय पर्व महाशिवरात्रि पर मॉरीशस आमंत्रण मेरे लिए सौभाग्य की बात थी। पर इस बड़ी जिम्मेदारी के चलते मैं वहाँ सिर्फ तीन दिन ही दे पाने को विवश था। 12 फरवरी यहाँ भी महाशिवरात्रि पर्व था और महाकुंभ का पहला शाही स्नान। इतनी बड़ी चुनौती के लिए इतने ही बड़े समर्पण की भी जरूरत थी, इसलिए मेजबानों का एक दिन और रुककर मॉरीशस घूम लेने का दिली आग्रह मैं खुद चाहकर भी स्वीकार नहीं कर पाया। इस तरह एक सुखद स्वर्णिम यात्रा की अनुभूति मन में सँजोए मैं राज्य के सर्वहितार्थ फिर व्यस्त हो गया, अपनी रोज की अविरामपूर्ण यात्रा और कुंभ के आगे की तैयारी में।

□

महामहिम राष्ट्रपति सर अनिरुद्ध जगन्नाथ का संबोधन

देवियो और सज्जनो!

डॉ. रमेश पोखरियाल 'निशंक' राजनीति में सक्रिय होते हुए भी साहित्य से प्रेरित हैं। वह कवि, लेखक होने के साथ-साथ पत्रकार भी हैं। उनका लेखन आमजन से जुड़ा और राष्ट्रीय भावना से ओतप्रोत है। मैं आपको बता दूँ, वह एक गरीब परिवार से हैं और कठिन श्रम तथा धैर्य से वे 27 जून, 2009 से भारत के उत्तराखंड राज्य के मुख्यमंत्री के पद पर हैं। उन्होंने अपने निर्वाचन-क्षेत्र के लोगों की समस्याओं को समझने के लिए 10,000 किलोमीटर की पदयात्रा करके एक अनूठा कीर्तिमान स्थापित किया और सन् 1978 से उन्होंने पृथक् राज्य उत्तराखंड के लिए संघर्ष किया। उस पदयात्रा ने जहाँ उन्हें लोगों के और करीब ला दिया, वहीं उत्तराखंड के अपार प्राकृतिक संसाधनों और संपदा के बारे में उन्हें लिखने को भी प्रेरित किया।

यद्यपि वे मुख्यमंत्री जैसे व्यस्त कार्यवाले पद पर विराजमान हैं, तथापि अभी भी लेखन के लिए समय निकालते हैं, जो हम सबके लिए प्रेरक है।

मैं डॉ. निशंक से व्यक्तिगत रूप से अपनी भारत यात्रा के दौरान सन् 2008 में तब मिला, जब वे स्वास्थ्य और परिवार कल्याण, विज्ञान और प्रौद्योगिकी मंत्री थे। गर्व से कह सकता हूँ कि मैं भारतवर्ष के एक ऐसे व्यक्ति से मिला हूँ, जो राजनीतिज्ञ, अनुशासित और बेहद उदार-हृदय, विनम्र, राष्ट्रभक्त और दूरदर्शी है। यह कहना अतिशयोक्ति नहीं होगी कि डॉ. निशंक भारत के 'सुपरमैन' हैं। जैसा कि आप सभी जानते हैं कि उत्तराखंड ऐसा राज्य है, जहाँ हम सब गंगा नदी के

तट पर बहुत वर्षों से पूजा-अर्चना करने जाते रहे हैं।

देवियो और सज्जनो! मुख्यमंत्री डॉ. निशंक अपनी इस पुस्तक के माध्यम से गंगा के प्राकृतिक सौंदर्य और अनदेखे पर्यटक-स्थलों को हमारे सम्मुख प्रस्तुत करते हैं। यह पुस्तक 'स्पर्श गंगा', जो गंगा और उसकी सहायक नदियों का वर्णन करती है, निश्चित रूप से अत्यधिक लोकप्रिय होगी। यह अधिक-से-अधिक लोगों को गंगा और उसकी सहायक नदियों के महत्त्व और गंगा की भारतीयों के जीवन में भूमिका को समझने में मदद करेगी।

इस पुस्तक ने गंगा की सफाई हेतु 'स्पर्श गंगा' नाम से एक जन-आंदोलन को प्रेरित किया है। मुझे बताया गया है कि इस परियोजना में भाग लेने के लिए लगभग पचास हजार छात्रों को प्रेरित किया गया है। मैं व्यक्तिगत तौर पर ऐसे अच्छे कार्यों का समर्थन करता हूँ। मैं आप लोगों को यह बताना चाहता हूँ कि यह गंगा नदी पर लिखी जा रही पुस्तक श्रृंखला का द्वितीय खंड है। जब मैं सन् 2009 में उत्तराखंड में था, तब मुझे इसके प्रथम खंड, जो कि प्रसिद्ध 'नंदा राजजात' से संबंधित था, का विमोचन करने का सौभाग्य प्राप्त हुआ था। मैं आज पुनः 'स्पर्श गंगा' का विमोचन करके अत्यंत गौरवान्वित अनुभव कर रहा हूँ।

देवियो और सज्जनो!

एक साथ कवि, लेखक और राजनीतिज्ञ होना दुर्लभ संयोग ही है। मैं डॉ. निशंक के एक लेखक और एक राजनीतिज्ञ के रूप में उज्ज्वल भविष्य की कामना करता हूँ। डॉ. निशंक यहाँ मॉरीशस और आपके राज्य तथा भारत के बीच पहले से चले आ रहे संबंधों को मजबूत करने भी आए हैं। मैं समझता हूँ कि आप इसमें बहुत सफल हुए हैं। मैं विश्वास करता हूँ कि दोनों सरकारों के साथ-साथ सामाजिक-सांस्कृतिक संगठनों के बीच भी अनेक परियोजनाएँ प्रारंभ की जा सकती हैं।

मैं उम्मीद करता हूँ कि आपके संक्षिप्त भ्रमण के दौरान आपका प्रवास सुखद रहेगा और विश्वास करता हूँ कि मॉरीशस के लोग आपको पुनः मॉरीशस की भूमि पर देखना और आपसे बार-बार मिलना चाहेंगे।

मुझे आज आपकी पुस्तक 'स्पर्श गंगा' का विमोचन करते हुए प्रसन्नता हो रही है, जो बड़ी संख्या में मॉरीशस के लोगों तक पहुँचेगी और उन्हें प्रेरित भी करेगी।

मैं आप सबको मुझे ध्यान से सुनने के लिए धन्यवाद देता हूँ।

□

(स्पर्श गंगा विमोवन के अवसर पर)

परिशिष्ट–2

गोपियो सम्मेलन के अवसर पर मेरा उद्‌बोधन

उत्तराखंड 'देवभूमि' के नाम से जाना जाता है। यह ऋषि और मुनियों की तपस्थली रही है। बड़े-बड़े ऋषियों, मुनियों, महात्माओं और महापुरुषों ने इस देवभूमि की पावन धरती पर तपस्या करके जीवन के महान् एवं उच्चतर सिद्धांतों का अन्वेषण किया है। यह चक्रवर्ती सम्राट् भरत की जन्मस्थली रही है और उन्हीं भरत के नाम पर हमारे देश का नाम 'भारतवर्ष' पड़ा है। यह महर्षि कण्व, महर्षि चरक और आदि गुरु शंकराचार्य की कर्मभूमि भी रही है, जिन्होंने पूरे विश्व में अध्यात्म और ज्ञान की ज्योति जलाई है। यहीं वेद उतरे और इसी भूमि पर उपनिषदों की रचना भी हुई है।

उत्तराखंड मूलत: हिमालय और गंगा का प्रदेश है। हिमालय नाना प्रकार की जड़ी-बूटियों का भंडार है और गंगा, जो सारे विश्व के लिए जीवनदायिनी बनकर पूजनीय है। गंगा के जल की एक-एक बूँद अमृतमयी है।

हमारे पास कई ऐसी-ऐसी जड़ी-बूटियाँ आज भी विद्यमान हैं, जो मृतप्राय प्राणी में जान फूँकने की सामर्थ्य रखती हैं। जब राम-रावण युद्ध में लक्ष्मण को शक्ति लगी थी और वे मूर्च्छा में चले गए थे, तो संजीवनी बूटीवाला पहाड़ महाबलि हनुमान उत्तराखंड से ही लेकर श्रीलंका गए थे। आज भी हमारे पास हजारों जीवनदायिनी जड़ी-बूटियाँ बिखरी पड़ी हैं, जिनका उपयोग आयुर्वेदिक दवाइयों के रूप में सारे विश्व में किया जा रहा है।

उत्तराखंड में अपार प्राकृतिक सौंदर्य कण-कण में बिखरा हुआ है। धरती पर यदि कहीं स्वर्ग है, तो वह उत्तराखंड की पावन और पवित्र भूमि पर ही है। हमारे पास ताल-बुग्याल हैं। फूलों की घाटियाँ हैं, जिन्हें देखने विश्व भर से पर्यटक

भारत के इस पर्वतीय राज्य में आते हैं। यहाँ की रमणीक वादियाँ प्राणवायु देती हैं। जब देश और दुनिया का आदमी हताश और निराश होता है, तो वह उत्तराखंड की धरती पर आता है और यहाँ से प्राणवायु पाकर तन–मन से स्वस्थ होकर वापस लौटता है। पर्यटन के क्षेत्र में यहाँ अपार संभावनाएँ विद्यमान हैं।

हमारे पास विश्वप्रसिद्ध बदरीनाथ, केदारनाथ, गंगोत्री और यमुनोतरी जैसे पावन तीर्थस्थल हैं। पंचबद्री, पंचकेदार सहित अनेक तीर्थ और धार्मिक स्थल हैं; महान् सिक्ख गुरु गोविंद सिंहजी की पावन स्मृति को सँजोए प्रसिद्ध 'हेमकुंड साहिब' के साथ ही विश्व प्रसिद्ध 'फूलों की घाटी' यहीं है। जिनसे प्रेरणा लेने और आशीर्वाद पाने के लिए विश्व भर से तीर्थयात्री निरंतर आते रहते हैं।

□

परिशिष्ट–3

प्रधानमंत्री डॉ. नवीनचंद्र रामगुलाम का संबोधन

मैं समस्त मॉरीशसवासियों का इस महापर्व शिवरात्रि पर हार्दिक अभिनंदन करता हूँ। मैं इस वर्ष हमारे राष्ट्रीय पर्व पर मुख्य अतिथि के रूप में पधारे अपने 'राष्ट्रीय मेहमान' भारत के उत्तराखंड प्रदेश के यशस्वी मुख्यमंत्री डॉ. रमेश पोखरियाल 'निशंक' का मॉरीशस की धरती पर कोटि–कोटि अभिनंदन करता हूँ। मैं उनका आभार व्यक्त करता हूँ कि उन्होंने हमारा यह आग्रह स्वीकार किया और कष्ट उठाकर सपरिवार यहाँ पधारे हैं।

देवियो और सज्जनो! मैं आपको विशेष रूप से बताना चाहता हूँ कि डॉ. निशंक मूल रूप से एक साहित्यकार, पत्रकार और कवि होने के साथ–साथ बहुमुखी प्रतिभा के धनी राजनेता हैं। एक ओर वे जहाँ कलम के धनी हैं, वहीं राजनीति के भी कुशल और सक्षम महारथी हैं। अपनी विलक्षण प्रतिभा के बलबूते पर ही वे इस छोटी आयु में उत्तराखंड के मुख्यमंत्री का पद सुशोभित कर रहे हैं।

एक ग्रामीण परिवार में पले–बढ़े डॉ. निशंक ने अनेक कठिनाइयों और संघर्षों में अपने जीवन के प्रारंभिक दिनों को जिया। ऐसे जीवट और जुझारू व्यक्तित्व के धनी डॉ. निशंक को हम सब अपने बीच पाकर आज अत्यंत हर्ष और गर्व का अनुभव कर रहे हैं।

भाइयो और बहनो!

महादेव भगवान् शंकर हमारी आस्था का केंद्र रहे हैं। मॉरीशसवासी भगवान् शंकर पर अटूट और अडिग विश्वास करते हैं। महाशिवरात्रि के पर्व पर यहाँ उमड़े

भक्तों का यह सैलाब इस बात को प्रमाणित करता है। इस पावन पर्व की मैं आपको पुनः बधाई देता हूँ और भगवान् शंकर से कामना करता हूँ कि आप सबके जीवन के कष्ट और दुखों को भगवान् शंकर दूर करें। आपके जीवन में प्रकाश करें और आपको सुखमय भविष्य प्रदान करें। मैं अंत में इस समारोह में शिरकत करने के लिए पहुँचे अपने मेहमान डॉ. रमेश पोखरियाल 'निशंक' और उनके प्रतिनिधिमंडल में आए सभी मेहमानों का भी हार्दिक अभिनंदन करता हूँ। धन्यवाद!

□

(महाशिवरात्रि पर्व, गंगा तलाव)

महाशिवरात्रि पर्व गंगा तलाव पर मेरा संबोधन

प्रधानमंत्रीजी के सारगर्भित भाषण के पश्चात् मुझे आयोजकों ने अत्यंत सम्मान के साथ संबोधन के लिए आमंत्रित किया। मैंने अपने संबोधन की शुरुआत इस प्रकार की—

मेरे मॉरीशस के भाइयो और बहनो!

मैं शिव प्रदेश से आया हूँ, मैं गंगा प्रदेश से आया हूँ और मैं गंगोत्री से आया हूँ, आप सबको बधाई देने के लिए आया हूँ। मेरी बधाई स्वीकार करें। साथ ही नमन करने आया हूँ उन पुरखों को, जिन्होंने अपने त्याग व समर्पण से मॉरीशस को समृद्ध बनाया। प्राणों का उत्सर्ग करके भी अपनी सांस्कृतिक विरासत को बचाए रखा। माँ गंगा और देवाधिदेव शिव का यहाँ अवतरण कराया।

मैं कृतज्ञ हूँ महामहिम राष्ट्रपति सर अनिरुद्ध जगन्नाथजी का, जिनकी कृपा से मुझे महाशिवरात्रि के इस हर्षोल्लास भरे राष्ट्रीय पर्व पर आने का सौभाग्य मिला। उन्होंने मुझे जब आमंत्रित किया तो मैंने उनसे कहा कि मैं हर हालत में चाहूँगा कि अपने भाइयों के बीच और इस शंकर की धरती से शंकर के दर्शन करने के लिए मॉरीशस के लोगों के बीच आऊँ। यह मेरा सौभाग्य है कि मैं यहाँ हूँ, और आज मैं इस सौभाग्य को आपके साथ बाँटता हूँ। मेरी ढेर सारी बधाई और शुभकामनाएँ स्वीकार करें।

मैं उत्तराखंड की धरती से माँ गंगा का पवित्र जल आप सबकी सुख-समृद्धि की कामना के लिए लाया हूँ। आदरणीय प्रधानमंत्रीजी कार्यक्रम के बाद इस पवित्र जल को गंगा तलाव में अर्पित करेंगे। मॉरीशस से जब पिछली बार महामहिम राष्ट्रपतिजी भारत के प्रवास पर आए थे और उन्होंने कहा कि हमारी रगों में हिंदुस्तानी खून बहता है, तो हर हिंदुस्तानी का गर्व से सीना चौड़ा हो गया।

मुझे खुशी है कि आज हिंदुस्तान और मॉरीशस चट्टान की तरह हर मुद्दों पर एक साथ खड़े एवं डटे हुए हैं। हमारे पूर्वज गंगाजल को लेकर यहाँ आए, आदिदेव शंकर को भी यहाँ लाए। मुझे याद है, सन् 1997 में मैं जब उत्तर प्रदेश सरकार में संस्कृति मंत्री था, तब तय हुआ कि हम मॉरीशस में अंतरराष्ट्रीय स्तर पर रामायण का केंद्र स्थापित करेंगे। आज दुनिया का सबसे बड़ा रामायण केंद्र मॉरीशस की धरती पर है। इसके लिए मैं आपको नमन करता हूँ। बहुत सारी बधाई देना चाहता हूँ। भाइयो और बहनो, हमारी जो संस्कृति है, वह सनातन धर्म की संस्कृति है। ये पूरी दुनिया की संस्कृति है। इसीलिए सनातन धर्म के ध्वजवाहक हिंदुस्तान को विश्वगुरु कहा गया।

एतद्देश प्रसूतस्य सगासादग्र जन्मनः।
स्वं-स्वं चरित्रम् शिक्षैरन् पृथ्वीव्याम् सर्वमानवः॥

पूरी दुनिया के लोगों ने भारतीय संस्कृति से सीखा और इस संस्कृति को ही जीवन में आत्मसात् करके आगे बढ़े हैं। वही संस्कृति आज हिंदुस्तान से यहाँ पर आई है। आप सबके पुरुषार्थ से वह पल्लवित और पुष्पित हो रही है। यह देखकर मुझे खुशी होती है। मुझे आनंद होता है, क्योंकि जो समाज अपनी जड़ों को छोड़ता है, वह कटी हुई पतंग की भाँति होता है। वह कटी हुई पतंग आसमान में गतिमान तो रहती है, लेकिन उसको पता नहीं होता कि उसका अंत कहाँ होगा, किस खाई में जाकर गिरेगी। आपने भारतीय संस्कृति की जड़ों को गहरा, और गहरा किया है। मैं आपको बधाई देता हूँ।

मुझे इस बात की खुशी है कि आज हिंदुस्तान एवं मॉरीशस की एक ही संस्कृति है। हमें गर्व है कि मॉरीशस और हिंदुस्तान की संस्कृति ने पूरी दुनिया को अपना परिवार माना है। दुनिया में अन्य कोई देश नहीं है, जो सारे संसार को अपना परिवार माने।

अयं निजः परोवेति गणना लघुचेतसाम्।
उदारचरितानान्तु वसुधैव कुटुम्बकम्।।

पूरी वसुधा को अपना कुटुंब माननेवाली मॉरीशस और हिंदुस्तान की ही संस्कृति हो सकती है। पूरी दुनिया को परिवार मानने के लिए हिम्मत चाहिए। पूरी दुनिया को अपना मानने के लिए उतना ही बड़ा मन चाहिए, उतना बड़ा तन चाहिए, उतना ही बड़ा हृदय चाहिए, उतना ही बड़ा समर्पण चाहिए, उतना ही बड़ा संघर्ष चाहिए और उतना ही बड़ा विचार चाहिए, जो हममें है।

मुझे यहाँ आकर बेहद खुशी हुई है। कल से लेकर अभी तक जितना मैं मॉरीशस एवं मॉरीशसवासियों को देख-समझ पाया, सबमें मुझे अपने भारत एवं भारतवासियों की छवि नजर आती है। मुझे मॉरीशस लघु भारत नजर आता है। यह भारत का प्राण है। मैं मॉरीशस की पावन धरती का अभिनंदन करता हूँ।

मॉरीशस की संस्कृति की जड़ें बहुत गहरी हैं। जिस व्यक्ति में, जिस राष्ट्र में, जिस परिवार में, जिस समाज में संस्कार नहीं हैं, वह तो मृतप्राय शरीर की तरह है। ये संस्कार हमारा प्राण हैं। जैसे एक आदमी से प्राण चला जाता है। नाक, कान, आँख सब कुछ तो रहता है लेकिन प्राण चला जाता है। प्राण चले जाने से शरीर का अस्तित्व निर्जीव हो जाता है। ये शरीर ढाँचा है और इसलिए हमने पूरी दुनिया में इस शरीर को वरीयता नहीं दी है। गीता में कहा गया है कि हमने आत्मा को परमात्मा से जोड़ा है, इसलिए पूरी दुनिया में हम विशिष्ट हैं, विश्वगुरु हैं। गीता में श्रीकृष्ण ने कहा है—

नैनं छिन्दन्ति शस्त्राणि, नैनं दहति पावकः।
न चैनं क्लेदयत्यापो, न शोषयति मारुतः॥

हे मनुष्यो, इस शरीर से ज्यादा मोह मत पालो। प्राणिमात्र के उपकार की बात करो। ये शरीर तो कभी भी चला जाएगा, क्योंकि जैसे पुराने वस्त्रों को त्यागकर हम नए वत्र धारण करते हैं, ऐसे ही यह आत्मा है, शरीर को कभी भी छोड़ देगी। उससे ज्यादा मोह मत पालो, और जो आत्मा है, वह हमेशा अजर-अमर है।

इसलिए आत्मा को परमात्मा से जोड़ने का काम करनेवाला हिंदुस्तान और मॉरीशस की संस्कृति है। मैं इस पावन पर्व पर मॉरीशस के राष्ट्रपिता रामगुलामजी को याद करते हुए उन्हें दिल की गहराइयों से श्रद्धांजलि देता हूँ। मॉरीशस के लिए उनके योगदान को नमन करता हूँ। उन्हीं की बदौलत आज मॉरीशस न सिर्फ आर्थिक समृद्धि से मजबूत हुआ है उसके साथ-साथ साहित्यिक और सांस्कृतिक दृष्टि से भी समृद्ध है, मॉरीशसवासी मानवीय संस्कारों से भी समृद्ध हैं, आपके संस्कारों की नींव कोई हिला नहीं सकता है। वे सिद्धांतों एवं नैतिकता की मजबूत चट्टान की तरह अडिग हैं। मैं आप सभी मॉरीशसवासियों को साधुवाद देता हूँ कि आप श्रद्धेय रामगुलामजी के महान् आदर्शों को आगे बढ़ा रहे हैं।

कल जब मैं मॉरीशस पहुँचा तो मेरे मन में गंगा तलाव के लिए असीम श्रद्धा उमड़ पड़ी। मैं माँ गंगा व भगवान् शिव के प्रति मॉरीशसवासियों की आस्था को देखना चाहता था, और आज जब मैं यहाँ पहुँचा, तो मैं आप लोगों की आस्था और भक्ति के आगे नतमस्तक हो गया। यह इसी आस्था और भक्ति का प्रतिफल है कि आज

मॉरीशस के कण-कण में भगवान् शंकर विराजमान हैं। ये वही भोले शंकर हैं, जिन्होंने इस धरती पर जब-जब संकट आया, तब-तब पृथ्वी की रक्षा की है। वही भोले बाबा हैं, जिन्होंने भक्त भगीरथ पर कृपा कर अपनी जटाओं में गंगा को सँभाल लिया था। फिर अपनी जटाओं की एक छोटी धार छोड़कर गंगा को प्रवाहित किया था। वही गंगा आज पूरी दुनिया को जीवन दे रही है।

गंगा का यह पावन जल जल नहीं बल्कि अमृत है। गंगाजल पर वैज्ञानिक विश्लेषण हुए हैं। दुनिया के विद्वानों ने इस पर शोध किए हैं। यह गजब की बात है। गंगा का जल सदियों तक दूषित नहीं होता। वह अमृत जल है। उसमें अमरत्व है। वह हमारी महान् सनातन संस्कृति की प्रतीक है। इसी माँ स्वरूपा गंगा के पूजन के लिए आज यहाँ पर हम खड़े हैं।

हमारी धरती 'सर्वे भवन्तु सुखिनः' की धरती है। प्राणी मात्र में ऐसा चिंतन दुनिया में कहीं नहीं हो सकता। हमने स्वयं की नहीं वरन् इस पूरे विश्व तथा संपूर्ण मानव जाति के कल्याण की कल्पना की है। धरती पर जब तक कोई इनसान ही नहीं, कोई प्राणी मात्र भी दुखी रहेगा, तब तक मैं अपने सुख की कामना नहीं कर सकता हूँ। ऐसे चिंतन के साथ हमारा जीवन-दर्शन शुरू होता है।

मैं इस अवसर पर आप सब लोगों को हार्दिक बधाई देना चाहता हूँ, साथ ही उन्हें भी, जो बाहर से इस गंगा महोत्सव में आए हैं। मैं मॉरीशस के प्रधानमंत्री एवं शिक्षा मंत्रीजी का भी आभार प्रकट करता हूँ, जिन्होंने मेरी पुस्तक 'स्पर्श गंगा' को मॉरीशस के विद्यालयी शिक्षा के पाठ्यक्रम में शामिल करने की बात कही है। हमने गंगा के संरक्षण एवं स्वच्छता के लिए 'स्पर्श गंगा' अभियान की शुरुआत की है, इसके तहत गंगा सफाई का अभियान चलाया जा रहा है। शिक्षा मंत्रीजी ने कहा है कि 51 बच्चों को वह प्रतिवर्ष प्रतिभागी बनाकर भारत भेजेंगे और वे वहाँ गंगा सफाई अभियान में सहयोग देंगे। इसके लिए भी मैं प्रधानमंत्रीजी का बहुत-बहुत आभार व्यक्त करता हूँ।

मुझे बस इतना और कहना है कि हम सब लोग एकजुट रहें। पूरी दुनिया हमारी ओर आशा भरी नजरों से देख रही है। पाश्चात्य संस्कृति दिनोदिन अपने पाँव पसारते हुए जीवन-मूल्यों को लीलने में लगी है। मैं कहता हूँ, इसका अनुगामी होकर जो धन और भौतिक सुख-सुविधाओं को अपना सबकुछ मानते हैं, वे सुख-शांति एवं संपन्नता प्राप्त नहीं कर सकते हैं। हमने तर्पण, समर्पण एवं त्याग को जीवन माना है। हमारे इसी दर्शन ने हमें अतीत में विश्वगुरु का गौरव दिलाया है। इन जीवन-मूल्यों

को लेकर हम आगे बढ़ेंगे। मेरी कामना है—

चंदन हो इस देश की माटी, तपोभूमि हर ग्राम हो,
हर बाला देवी की प्रतिमा, यहाँ बच्चा-बच्चा राम हो।

इसके लिए मैं माँ गंगा और देवाधिदेव भगवान् शिव से प्रार्थना करूँगा—

इतनी शक्ति हमें देना शंकर,
मन का विश्वास कमजोर हो ना।
हम चलें नेक रास्ते पर,
भूलकर भी कोई भूल हो ना।

कल मैं जब यहाँ आया तो सीधे प्रधानमंत्रीजी के आवास पर गया। महत्त्वपूर्ण बिंदुओं पर उनसे मेरी बात हुई। हमने गंगा के बारे में चर्चा की। शिक्षा के बारे में चर्चा की। अंतरराष्ट्रीय भाषा संस्थान के बारे में चर्चा की, भारतवर्ष में मेरा ऐसा पहला प्रदेश है, जिसने संस्कृत भाषा को द्वितीय राजभाषा का दरजा दिया है। पूरी दुनिया में फैले भारतीयों तथा संस्कृतप्रेमियों द्वारा भेजे गए शुभकामना एवं बधाई संदेश मुझे अभी तक मिल रहे हैं। हर कोई संस्कृत भाषा को राजभाषा बनाए जाने पर हर्षित है। आज पूरी दुनिया के देशों को लगता है कि संस्कृत ही एक ऐसी भाषा है, जो पूरी दुनिया को एक सूत्र में पिरो सकती है। इस कंप्यूटरी युग को यदि कोई जिंदा रख सकती है तो वह केवल संस्कृत ही है।

अभी भारत में हरिद्वार में महाकुंभ का आयोजन हो रहा है। यह कुंभ 12 वर्ष बाद आया है, 365 सालों में कुछ दुर्लभ संयोग बने हैं। इसलिए मैं प्रधानमंत्रीजी से अनुरोध करता हूँ और साथ ही समस्त मंत्रिमंडल के आदरणीय सदस्यों से भी अनुरोध करता हूँ कि आप हरिद्वार की पुण्यभूमि में महाकुंभ का पुण्य प्राप्त करने अवश्य आएँ। मैं देवभूमि उत्तराखंड में आप सबको सादर आमंत्रित करता हूँ। साथ ही प्रधानमंत्रीजी से अनुरोध है कि गौमुख से मैं उत्तराखंड की जनता की भेंटस्वरूप पावन गंगाजलि लेकर आया हूँ, उसे वे अपने हाथों से गंगा तलाव में अर्पित करें, गंगा माँ हम सब का कल्याण करें। मैं तहेदिल से एक बार फिर आप सभी मॉरीशसवासियों का आभार प्रकट करते हुए अपनी वाणी को विराम देता हूँ। नमस्कार, धन्यवाद!

□□□